I0630079

Writer Guild of América East
Registro Certificado Numero: I368914
Fecha Registrada: 03/08/2024
US Copyright Office
Registration Number: TXu 2-416-950
Date Registration: 02/21/2024
ISBN: 9798327669352

Portada: "La Cuna Solitaria" oleo de Tito Lugo MD©
Impreso en los Estados Unidos de América

...en las profundidades más remotas y recónditas del pensamiento, se anida la depravación del ser humano...

...Elipsis...

Tito Lugo MD©

1

El agente de policía Darío Rivera era conocido por su precisión impresionante con su pistola Glock de nueve milímetros. Allí donde ponía la mira, la bala llegaba. Sin embargo, nunca había usado su arma para quitarle la vida a otro ser humano. Sus blancos eran únicamente de práctica y, de vez en cuando, alguna que otra gallina o animal que se aventurara en su finca privada, ubicada en las remotas regiones del centro de la isla. El sonido de sus disparos no se escuchaba a diez millas a la redonda, gracias a un silenciador ilegal que había confiscado a un delincuente en el pasado y que decidió mantener oculto para sí mismo. Lejos estaba de imaginar que pronto lo usaría para enfrentarse a un cruel contrabandista asesino de recién nacidos.

Criado en el corazón de la isla, este campesino se hallaba inmerso en un tupido bosque, destacando como un detalle singular en medio de circunstancias extraordinarias, como si respirara aire fresco en pleno centro de la bulliciosa Nueva York. A diferencia de su abuela, oriunda de la Gran Manzana, este hombre de campo nunca había puesto un pie en la urbe. Ingresó a las filas policiales como detective debido a su astucia y valentía innatas. Hallaba placer en desentrañar los enigmas más complejos que caían en sus manos.

El superior de Darío, el jefe Segismundo Aponte, era un hombre barrigón y borracho de cincuenta y ocho años, con casi cuarenta años de servicio en la fuerza policial. A pesar de su título de teniente coronel, su consumo excesivo de alcohol había causado daño cerebral, lo que lo mantenía ajeno a gran parte de lo que sucedía en el cuartel. Mientras se encontraba sentado en su escritorio, abrumado por la montaña de papeleo que debía revisar y firmar, recibió la noticia de la desaparición de un recién nacido de diez días de la residencia de sus padres en el barrio Caguana de Utuado. Caguana se encontraba en lo que parecía ser el fin del mundo, un lugar tan remoto que parecía estar en otra galaxia. Solo se podía acceder a través de un estrecho camino vecinal por el que apenas cabía un automóvil. En dicho camino, se formaban ensanchamientos debido a la espera de un vehículo para ceder el paso al otro.

En esa lluviosa mañana de febrero, el alcalde del pueblo llamó para informarle que, durante la madrugada, habían secuestrado al recién nacido de Pancho y Samara. El bebé, un hermoso niño varón nacido por parto vaginal diez días antes y que pesaba seis libras, ya había sido apodado "Panchito", en honor a su padre. La pareja estaba desconcertada por lo sucedido, ya que no entendían cómo había ocurrido el incidente.

Según lo informado, Pancho y Samara estaban durmiendo juntos en la misma cama cuando, entre las tres y las cuatro de la mañana, escucharon un ruido en su modesta vivienda. Al levantarse para investigar, descubrieron que la cuna de Panchito estaba vacía. En un principio, pensaron que se trataba de una broma de mal gusto por parte de amigos, pero al ver que el niño no aparecía después de tres horas, y que no escuchaban su llanto matutino habitual, decidieron contactar al alcalde. Para ello, debían conducir tres millas hasta la estación de servicio más cercana para usar el teléfono público. A las seis de la mañana, la empleada de la tienda de comestibles de la estación les prestó su celular para que llamaran al municipio y alertaran al alcalde sobre el secuestro.

El alcalde, a su vez, llamó al teniente coronel a cargo del cuartel del municipio, el desaliñado borrachón Segismundo Aponte, para informarle del robo del bebé. En su indolencia habitual, Segismundo llamó al agente Rivera, quien se presentó de inmediato en el cuartel. Al llegar, su superior lo increpó, preguntándole dónde había estado y por qué no tenía conocimiento del secuestro. Darío le explicó que estaba practicando con su arma, eliminando algunos perros callejeros que ensuciaban la zona con sus heces. Esto solo enfureció más al teniente coronel, quien lo mandó de inmediato al carajo para investigar el secuestro de la pareja que quedaba en el barrio Caguana.

—"¿Qué carajos estabas haciendo, Rivera?" —gruñó Aponte, con la mirada entrecerrada de furia.

—"Practicaba tiro, jefe. No esperaba..."---

—"¡Espera un momento!" —interrumpió Aponte—.

–"No me importa qué esperabas. Esto es serio, Rivera. Hay un bebé desaparecido y necesito que te pongas en acción."--

Cuarenta y cinco minutos después, Darío llegó al hogar de Pancho y Samara, quienes estaban desconsolados por la inexplicable desaparición de su hijo. Luego de inspeccionar la vivienda y no encontrar evidencia alguna, Darío entrevistó a los padres sobre las personas que habían estado cerca de ellos en las últimas cuarenta y ocho horas. Al principio, titubearon, pero luego recordaron a un nuevo vendedor de verduras del vecindario que les había vendido productos y les había recomendado especialmente un agua de coco fresca. Ambos habían bebido de ella: Pancho con hielo y whisky; Samara solo con hielo. Después de beber, ambos sintieron un profundo sueño y durmieron toda la noche, uno al lado del otro después de haber amamantado a Panchito. Al despertar, descubrieron que el niño no estaba en su cuna.

—"¿Un vendedor de verduras, dices?" — preguntó Darío, frunciendo el ceño.

—"Sí, era un tipo joven, amable, de barba desaliñada. Nos vendió algunas viandas y nos recomendó el agua de coco. Pero no creo que tenga algo que ver... "—respondió Samara, con un dejo de duda en su voz.

—"Todo es relevante en una investigación"— dijo Darío con firmeza. — "Gracias por la información. La necesitaré para seguir adelante con esto."--

Darío, siempre astuto, llevó a la pareja al laboratorio forense de la policía y les extrajeron muestras de sangre para detectar posibles intoxicaciones.

—"Quiero que sepan que estamos haciendo todo lo posible para encontrar a su hijo"— les aseguró Darío, mirándolos con compasión, —"Necesitamos ser meticulosos en nuestra investigación."--

Pancho y Samara asintieron con gestos sombríos, aferrándose a la esperanza de que su hijo regresara sano y salvo.

Mientras tanto, Darío solicitó fotografías del bebé y cualquier característica que pudiera ayudar a identificarlo.

—"¿Recuerdan algún detalle especial?" — preguntó Darío, revisando sus notas.

—"Panchito tenía un lunar rojo en el antebrazo izquierdo" —respondió Samara, con la voz entrecortada por la angustia, —"El médico dijo que no era nada grave, pero era nuestro pequeño detalle único."--

—"Entiendo"—asintió Darío, tomando nota, —"Eso podría ser útil"--.

Con la información en mano, Darío distribuyó las fotos a colmados y farmacias que vendían pañales y formula de leche para bebés, en caso de que alguien los comprara en las horas posteriores al secuestro.

—"Espero que esto nos ayude a dar con alguna pista" —murmuró Darío para sí mismo, sintiendo la presión del tiempo sobre sus hombros.

La farmacia de un pueblo cercano informó que habían visto a una pareja joven comprando pañales y leche en polvo para bebés al día siguiente del secuestro. Las cámaras de seguridad de la farmacia capturaron imágenes de la pareja.

—"¿Puedo ver las grabaciones?" —preguntó Darío, con determinación en su voz.

Aunque revisaron la base de datos de delincuentes, no encontraron ninguna evidencia que los identificara como criminales. Cuatro farmacias más reportaron compras de pañales dos días después del secuestro, sin proporcionar pistas sobre el bebé desaparecido ni conexiones con delitos anteriores.

Los días pasaban y los padres de Panchito se desesperaban cada vez más, sin recibir noticias ni demandas de rescate. Un mes transcurrió sin novedades, dejando a la pareja destrozada después de nueve meses de ilusión y alegría.

Darío estaba molesto consigo mismo por no haber encontrado ninguna pista. Sin embargo, un mes después del secuestro, hallaron una bolsa plástica con restos humanos pediátricos. Se trataba de un bebé de catorce días que había fallecido aproximadamente dos semanas antes.

—"Esto es terrible" —murmuró Darío, horrorizado por el descubrimiento macabro.

El forense se encargó del cuerpo del bebé y la directora del instituto forense quedó petrificada al examinar los restos.

—"No puedo creer lo que veo" —susurró, con los ojos llenos de lágrimas.

El cuerpo del bebé presentaba una incisión quirúrgica longitudinal precisa desde la barbilla hasta el cuello, en el centro del cuerpo, que continuaba hasta el hueso púbico. Se habían extraído con precisión el tiroides, la carótida, la vena cava superior, el corazón y los pulmones. El abdomen se encontraba desprovisto de órganos, exhibiendo cortes precisos y meticulosos. La cara estaba demacrada y descompuesta por la acción del tiempo y otros elementos, haciendo casi imposible identificar al recién nacido. Faltaban las cavidades oculares.

Lo peculiar de la situación radica en que las cavidades vacías del cuerpo fueron selladas de manera apresurada con hilo de coser proveniente de equinos, aunque las puntadas eran notoriamente precisas, formando una doble "u". En la esquina izquierda del interior de la cavidad abdominal, habían esculpido lo que parecía ser una letra, posiblemente la letra "J", separada por tres puntos, aunque la certeza al respecto no estaba garantizada.

Al conversar con un colega patólogo, la directora del instituto forense mencionó el caso, y su colega recordó casos similares de donación de órganos por muerte cerebral. El bebé presentaba un hemangioma redondo en el antebrazo izquierdo, información que Darío compartió con los padres de Panchito. Al ver la marca, los padres identificaron al bebé fallecido como su hijo y se sumieron en un llanto desconsolado. La paz emigro de sus vidas futuras.

Darío examinó minuciosamente las pruebas de dopaje realizadas a Pancho y Samara, encontrando rastros de pentotal, un barbitúrico comúnmente conocido como tiopental sódico, con una duración ultracorta.

—"Esto podría explicar la somnolencia que experimentaron" —murmuró Darío, conectando los puntos lentamente.

En el pasado, esta sustancia se había utilizado como suero de la verdad en interrogatorios y entrevistas policiales. El tiopental sódico produce efectos sedantes y depresores en el sistema nervioso central, lo que explicaría la somnolencia experimentada por los padres de Panchito la noche del secuestro. Al menos, había una pista que apuntaba a la macabra participación del verdulero.

Con los corazones destrozados, los padres de Panchito se sometieron a los designios del artista de la comisaría para crear un boceto del único personaje relacionado con este atroz suceso.

—"Espero que esto nos acerque más a encontrar quien le hizo esto a nuestro hijo" —susurró Pancho, con la voz quebrada por la pena.

Darío asintió solemnemente, sintiendo el peso de la responsabilidad sobre sus hombros.

Como el alcalde estaba a punto de revalidar su cargo en las elecciones, optó por no darle demasiada cobertura a este secuestro y muerte, no fuera a perder votos de sus correligionarios.

Estos lugareños de comunidades aisladas se convertían en una molestia constante para el alcalde. Vivían tan distantes, y el municipio debía costear la instalación de tuberías para proporcionarles luz y agua potable. En innumerables ocasiones, el alcalde se cuestionaba por qué debía asumir esos gastos para personas que ni siquiera participaban en las elecciones. Preferiría que desaparecieran gradualmente sin causar revuelo, cerrando así esas cuentas pendientes. Respecto a la desaparición de su propio hijo, al alcalde le importaba poco, ya que consideraba que cada uno es responsable de sus acciones. Si no había solución, no había solución, pensaba el funcionario con su escasa capacidad de reflexión.

El verdulero nunca regresó al pueblo. Con el tiempo, el caso se archivó en los expedientes de la policía sin resolución, hasta que ocurrió algo similar tres meses después en el área montañosa de la isla.

2

Julio y Rosalinda se conocieron durante su época de secundaria, compartiendo una conexión única debido a su naturaleza reservada y la escasa interacción con sus compañeros. A pesar de su comunicación limitada, formaron una pareja que se entendía con solo una señal, creando una dinámica autista perfecta.

La infancia de Julio estuvo marcada por el abuso infligido por sus padres, quienes le impusieron varios castigos a lo largo de su desarrollo. Ambos padres eran alcohólicos y nunca mostraron interés en tener hijos; Julio era considerado una molestia para ellos. A pesar de estas adversidades, logró perseverar en sus estudios y se matriculó en la escuela de medicina, donde se graduó como médico. Luego, inició una residencia en cirugía general con el objetivo de especializarse en trasplante de órganos. Sin embargo, su trayectoria se vio truncada abruptamente cuando fue expulsado en el cuarto año de residencia debido a prácticas poco convencionales y procedimientos que no seguían el protocolo quirúrgico establecido.

Julio ganó notoriedad como residente por realizar experimentos no autorizados durante procedimientos laparoscópicos, dejando su inicial, la Jota, marcada con el cauterio en el interior de la cavidad abdominal. Esta conducta llevó a que fuera etiquetado como psicópata. Su fascinación por la procuración de órganos de pacientes aún vivos lo destacó como experto en cortes quirúrgicos precisos para preservar los órganos a trasplantar.

Julio albergaba en su mente una perspectiva distorsionada que lo impulsaba a sanar a sus pacientes mediante incisiones precisas. Poseía una destreza excepcional con el bisturí y, como virtuoso del arte en el mundo de los videojuegos, demostraba una destreza innata con los palitos de laparoscopia. No obstante, su mayor problema residía en su inclinación a resolver cualquier situación recurriendo al bisturí, incluso cuando el paciente no padecía la dolencia tratada. Al extraer la vesícula biliar, por ejemplo, se aventuraba a remover el apéndice sin justificación, y si encontraba alguna anomalía en el hígado o el bazo, se atrevía a extirpar un segmento bajo la premisa de una biopsia necesaria. Aunque carecía del consentimiento necesario y destreza para tales intervenciones, a Julio no le preocupaba en lo más mínimo. En numerosas ocasiones durante su cuarto año de cirugía, cuando su supervisor no estaba presente en el quirófano, le permitían actuar a sus anchas dada su habilidad quirúrgica reconocida. El personal de la sala lo consideraba excéntrico debido a sus constantes bromas, algunas de ellas más macabras que otras. Lo que desconocían era que Julio llevaba un registro preciso de cada uno de sus actos en esta siniestra travesía.

Rosalinda, enfermera graduada del mismo hospital donde Julio realizaba su residencia, compartió con él un matrimonio sin hijos. Después de enfrentar dificultades para concebir, descubrieron que ambos eran estériles debido a problemas en los ovarios de Rosalinda y la falta de espermatogonias en los testículos de Julio. Esta noticia, sumada a la destitución de Julio como residente, desencadenó una profunda depresión en él y un creciente resentimiento hacia el sistema. La necesidad de desquitarse se convirtió en su motivación.

Después de su destitución, Julio se enfrentó a considerables dificultades para encontrar empleo. Trabajar en un bar o como asistente en una tienda de comestibles no eran opciones que le satisficieran; su anhelo era regresar al quirófano para explorar la anatomía humana. Hacer cortes precisos con el bisturí, remover la pieza con una habilidad innata como cuando era residente de cirugía. La falta de empleo de Julio generó un desequilibrio financiero en la pareja, ya que el salario de Rosalinda no era suficiente para cubrir sus gastos conjuntos. Mientras Julio pasaba más tiempo en la calle, acabó conociendo a Papote, un traficante de drogas local con conexiones en el submundo, que incluían la trata de personas y la obtención de órganos para vender y trasplantar. Papote podía recibir hasta treinta mil dólares por un riñón de adulto, pero el precio aumentaba a cincuenta mil dólares si se trataba de un riñón de un recién nacido.

Papote, un mexicano deportado de su país por llevar una vida delictiva se dedicaba al tráfico de órganos como pulmones, corazones y riñones. Además de sus actividades ilegales, tenía preferencias culinarias peculiares, ya que disfrutaba probando órganos de animales que la mayoría evitaría. Entre sus elecciones se encontraban la masa encefálica, la tiroides, los riñones y los testículos. Era un abominable consumidor de cualquier animal que se moviera en dos patas o reptara. Su canibalismo se remontaba a una década atrás, cuando durante una deplorable iniciación en una fraternidad caracterizada por secuestros y trata de personas, especialmente de jóvenes de trece a quince años, sus compañeros le introdujeron carne humana en la boca con los ojos vendados. Desde que descubrió que aquel manjar delicioso eran las costillas de un ser humano moderno, no tuvo reparo en continuar su expedición culinaria devorando otros fragmentos del organismo. Sentía fascinación por la tiroides salteada con abundante cebolla caramelizada y disfrutaba de los cerebros congelados en almíbar de frutas rojas, convencido de que cuantos más cerebros consumiera, más inteligente se volvería.

Papote se desplazaba con la astucia de una serpiente, capaz de ejecutar un secuestro sin titubear. En ocasiones, recurría a sedantes en forma gaseosa para dormir a sus víctimas y evitar lidiar con sus gritos y resistencia. Pagaba generosamente a drogadictos conocidos para disponer del cuerpo secuestrado, ya que raramente devolvía a las víctimas con vida. Inmerso en el consumo constante de estupefacientes, Papote cometía pequeños errores en sus fechorías, que, con la perspicacia de un hábil detective, podrían haber sido evidentes. Afortunadamente, su buena suerte persistía en su oscuro oficio, ya que los drogadictos no lo delatarían, conque Papote era su proveedor regular de dinero para la droga.

Bajo la influencia del oscuro Papote, el joven Melquiades se convirtió en un instrumento para su última atrocidad. Camuflándolo tras una densa barba, lo volvió irreconocible y, a cambio de unas dosis de cocaína pura, le encomendó disfrazarse de verdulero. Su tarea era entregar un elixir preparado con agua de coco a una pareja joven del barrio Caguana, sumiéndolos en un estado letárgico con poderosos barbitúricos para luego robar a su recién nacido. En la penumbra de la noche, Papote ingresaría furtivamente a la habitación donde descansaban los tres, envuelto en una manta de bebé, llevándose consigo al último vástago nacido en esa humilde morada.

Una vez con el pequeño en sus brazos, Papote se desharía de la única evidencia con vida. Le ofrecería a Melquiades una dosis de cocaína adulterada con talco y anfetaminas potentes, sellando su destino con el Señor. La fatalidad se cumplió cuando, dos días después del secuestro, Melquiades fue encontrado lívido, pálido y con un semblante de extraña felicidad, pero sin pulso cardíaco. Los detalles de la autopsia revelaron una intoxicación por simpaticomiméticos, probablemente asociada a un infarto masivo del miocardio. El cadáver permaneció cuarenta y cinco días en la morgue sin que nadie lo reclamara, hasta que el instituto forense procedió según lo estipulado por la ley.

Rosalinda experimentó una profunda desilusión al enfrentar la debacle académica de Julio, quien fue expulsado como bolsa desechable del programa de residencia en cirugía. A pesar de conocer la impulsividad de Julio, ella siempre había percibido en él un carácter afable, al menos en su trato hacia ella. Rosalinda provenía de un entorno familiar marcado por la autoridad tiránica de su padre, quien solía maltratar a su madre frente a ella. La figura dominante de Don Pedro poco a poco convertía en sumisas a las dos únicas mujeres en su vida. La madre de Rosalinda, doña Rosa, era una mujer de carácter fuerte, siempre inmersa en la lectura de dos o tres libros por semana, mientras que Don Pedro dirigía una agencia de venta y alquiler de propiedades cerca de su hogar.

Después del mediodía, Don Pedro se retiraba furtivamente a su morada para disfrutar de uno o dos whiskies con coco, preparando así sus ánimos para lo que vendría más tarde, como dicen, para "abrir la vena". A pesar de haberse graduado de una escuela privada, Rosalinda solo pudo completar un bachillerato en enfermería y comenzó a trabajar a la temprana edad de dieciocho años. Su amor por los niños la llevó a encargarse del área de pediatría y la sala de recién nacidos en el hospital. Sabia todo lo relacionado a esta corta edad de la vida. No podía tener hijos, pero se consolaba cuidando los hijos enfermos de otros.

Julio, de manera esporádica, llevaba a casa de Rosalinda un bebé recién nacido, argumentando que era huérfano y que estaban siendo padres temporales en nombre de una sociedad secreta para la cual trabajaba. A pesar de las persistentes preguntas de Rosalinda sobre el origen de estos niños, las respuestas de Julio eran tan vagas que la confianza entre ellos se fortalecía. Dada su situación económica, adoptar un bebé era imposible, pero la sociedad secreta proporcionaba alimentos y artículos para la cuna, facilitando así el cuidado temporal. Julio se encargaba del bebé durante el día, mientras Rosalinda trabajaba, y ella disfrutaba del pequeño durante el resto del día. La presencia de estos niños en la vida de Julio y Rosalinda era efímera. Cada cierto tiempo, llegaba un hermoso bebé que, eventualmente, desaparecía de sus vidas, dejando un vacío insustituible.

En la casa alquilada por Julio y Rosalinda en las afueras de la ciudad, había un ático y un sótano. Rosalinda había convertido el ático en su espacio de pintura al óleo, mientras que Julio utilizaba el sótano como una suerte de sala de operaciones para continuar practicando cirugía en caso de que surgiera la remota oportunidad de reingresar a un programa de residencia médica. Julio había acondicionado meticulosamente el lugar con una amplia nevera destinada a almacenar hielo seco y restos humanos. La mesa de cirugía fue rescatada de la última renovación de un hospital en quiebra que se estaba deshaciendo de ella. Incorporó potentes bombillas de techo con diodos emisores de luz para iluminar sus procedimientos, y adquirió instrumentos quirúrgicos de forma gradual y económica a través de plataformas en línea como eBay. No sentía la necesidad de esterilizar los instrumentos, ya que las infecciones eran una preocupación menor para aquellos destinados a perder todo contacto con la realidad de la vida. Además, contaba con un tanque de óxido nitroso que usaba para sedar a sus presas, ya fueran animales o humanas. Un oxímetro rudimentario con electrocardiograma completaba su almacenarlo de trabajo. Ocasionalmente, le pedía a Rosalinda, bajo el pretexto de concederle una íntima sesión en la cama, que le trajera bisturíes estériles de diferentes tamaños. Su fascinación por llevar a cabo pseudoexperimentos se había expandido desde perros callejeros y personas sin hogar hasta incluir a recién nacidos proporcionados por la misteriosa sociedad secreta para su cuidado temporal.

3

En la siniestra mañana del 7 de mayo de este fatídico año, Juan Eduardo y Marta se toparon con la macabra realidad de un hogar ahora huérfano. Tras tres semanas de cuidados y ternura hacia su primogénita, Isabel, la cual alimentaban con esmero, se vieron sumidos en el horror cuando descubrieron que la pequeña había desaparecido misteriosamente de su morada a las diez de la mañana. La verdad es que, en ese instante crucial, tanto Juan Eduardo como Marta yacían sumidos en un sueño profundo, ajeno al oscuro destino que aguardaba en las sombras.

En la tétrica aldea del barrio Jurutungo, en Jayuya, residía la pareja en una humilde morada de dos habitaciones, un baño, sala-comedor y cocina, abarcando unos 250 metros cuadrados. La electricidad, cuando la compañía caprichosa lo permitía, iluminaba la casa en medio de una densa vegetación, donde destacaban imponentes árboles de Meaitos, que constituían casi el tercio de la cobertura forestal de la isla. La casa era la herencia familiar de Marta, la cual fungía como el hogar de su abuela y donde ella misma había crecido.

Hacía tan solo dos años que Juan Eduardo y Marta habían sellado su unión matrimonial. Juan Eduardo trabajaba como recolector no asociado de granos en los cafetales de Yauco, ganando una paga mísera de seis dólares por hora de arduo trabajo en la plantación o la cosecha. Una magra suma que se incrementaba en medio peso si incluía el embalaje y la preparación. A pesar de ese salario casi esclavizante, los pequeños complementos para la vida cotidiana llegaban a la modesta vivienda de la pareja.

En ese segundo año de matrimonio, Juan Eduardo y Marta esperaban con ansias la llegada de su primogénita, cuyo sexo habían descubierto mediante una ecografía prenatal. La fecha prevista para el nacimiento estaba fijada a finales de abril. Sin embargo, Marta, como toda madre primeriza y nerviosa, sorprendió a todos al adelantarse dos semanas, rompiendo aguas a mediados de abril. El catorce de abril, emergió Isabel, una hermosa criatura de cinco libras y seis onzas, cuyo llanto resonaba potente en el lúgubre ambiente que rodeaba la morada.

En su rutina diaria, Juan Eduardo solía abandonar la morada a las cuatro y treinta de la mañana para dirigirse a Yauco en un transporte público. Dependía de dos vehículos públicos y de la benevolencia de cualquier conductor que pudiera ofrecerle ayuda al reconocerlo caminando hacia la parada pública. Sin embargo, en la fatídica mañana del siete de mayo, Juan Eduardo optó por no dirigirse al trabajo. En lugar de ello, se sumió en un sueño profundo junto a Marta, despertando alrededor de las diez de la mañana para descubrir que la pequeña Isabel ya no estaba presente a su lado.

Después de recibir una angustiosa llamada de emergencia, el equipo de secuestros de la policía se presentó en el lugar acompañado de agentes federales que mantenían una presencia distante en la investigación. Interrogaron a la joven pareja, sumida en la desesperación por su pérdida, planteándoles una serie de preguntas inquisitivas. Se indagó sobre posibles relaciones extramaritales que pudieran haber desencadenado la furia de alguna pareja vengativa en su contra, se exploraron detalles sobre lugares comprometedores, se cuestionó si habían recibido amenazas de alguna persona, y se inquirió sobre el consumo de drogas ilícitas.

La verdad era que el día anterior, la pareja había visitado la plaza de mercado del pueblo de Jayuya con el propósito de adquirir víveres y carne de gallina. Durante el proceso de compra, un vendedor ambulante les insistió en probar un jugo natural de parcha, el cual acabaron comprando después de degustar el peculiar brebaje. En la noche del seis de mayo, consumieron más de la mitad de la botella, quedando sumidos en un aturdimiento y un sueño profundo que se prolongó por más de catorce horas.

El agente Meléndez, perteneciente a la división de delitos asociados a secuestros, registraba meticulosamente la información proporcionada por la pareja el día posterior a la abducción de su bebé. Siguiendo el mismo protocolo que Darío aplicó en el caso del primer crimen infantil, instó a la pareja a someterse a pruebas de dopaje en el laboratorio forense para determinar si habían sido expuestos a alguna sustancia tóxica. Mientras el interrogatorio se centraba en las características físicas de la pequeña Isabel para elaborar un perfil que pudiera identificarla en caso de aparecer, Marta compartió con el agente detalles anatómicos cruciales, destacando la peculiaridad de que los dos dedos de la mano derecha de la niña estaban unidos; específicamente, el dedo medio y el anular, una condición conocida como sindactilia.

Dos semanas más tarde, mientras la bebé seguía desaparecida y sin rastro evidente de sus secuestradores, los resultados de las pruebas revelaron niveles anormales en la sangre de ambos padres, indicando la presencia de una sustancia barbitúrica llamada pentotal.

Mientras la espera de noticias de los secuestradores sumía a todos en un escalofrío de ansiedad, el agente Meléndez incorporó los detalles relevantes del secuestro en el registro electrónico de la comandancia. Buscaba desesperadamente conexiones, indagando si eventos similares habían tenido lugar en otras partes de la isla. Las pistas en este caso eran escasas, limitándose al vendedor en la plaza de mercado, quien se perfilaba como una figura de interés y requería ser entrevistado. Apenas media hora después de ingresar la información, Darío llamó al recinto donde se encontraba Meléndez, compartiéndole los ominosos detalles del primer crimen y destacando la falta de información adicional sobre el modus operandi de los secuestradores o raptores de recién nacidos.

En verdad, ni el verdulero implicado en el primer caso ni el vendedor ambulante de la plaza de mercado habían sido identificados, a pesar de que la pareja actual había proporcionado un boceto a lápiz como parte de sus consejos para la investigación. El misterio que envolvía a los perpetradores permanecía, extendiendo su sombra sobre ambos casos.

Los agentes federales involucrados en el caso de secuestro se vieron limitados por la escasa evidencia disponible, la cual incluía los dos bocetos de individuos de interés. Empleando el método de reconocimiento facial, lograron identificar dos personas diferentes que coincidían con los retratos elaborados por los artistas de la policía. En ambas instancias, los sospechosos resultaron ser adictos a las drogas, con antecedentes delictivos asociados al consumo habitual de sustancias. Curiosamente, ambos individuos habían fallecido a causa de una sobredosis de estupefacientes, y sus cuerpos habían sido abandonados en la morgue del Instituto de Forense, a la espera de que algún familiar se presentara para reclamarlos. En ambos casos, la falta de familiares o amigos que los reconocieran y les brindaran un sepelio adecuado llevó a la aplicación de la ley que permitía disponer de los cuerpos. La conexión siniestra entre los secuestradores y sus trágicos destinos planteaba interrogantes inquietantes en el oscuro desarrollo de la investigación.

Tras treinta y cinco días de angustiosa incertidumbre desde la desaparición de Isabel, un macabro hallazgo sumió a la comunidad en un terror insondable. Un cuerpo de infante, descompuesto hasta un estado avanzado, fue descubierto flotando de manera ominosa y estática en el río Caricaboa. Este río, capaz de generar una corriente peligrosa al desatarse las lluvias, arrastrando consigo todo lo que encuentra en su curso. Un grupo de jóvenes que disfrutaba de un baño en las aguas del río fue testigo del horrendo descubrimiento: un cuerpo envuelto en una bolsa plástica negro flotaba a la deriva. Inmediatamente, alertaron a las autoridades al pasar la bolsa a la orilla.

Los agentes de la ley se hicieron cargo de la escena, disponiendo de la bolsa y del cuerpo para ser transportados al instituto forense en busca de respuestas. La macabra verdad emergió: se trataba de una bebé de aproximadamente mes y medio de vida, víctima de un corte meticuloso que iba desde la barbilla hasta la sínfisis del pubis. El cuello, el tórax y el abdomen, incluyendo el retroperitoneo, se encontraban vacíos de sus órganos habituales, extraídos con una precisión impresionante, como si estuvieran destinados a ser reemplazados por sí mismos. Faltaban los globos oculares en las cuencas. Aunque la descomposición facial dificultaba la identificación de la bebé, la autopsia reveló un detalle significativo: en su mano derecha, el dedo anular estaba unido al dedo medio por sindactilia, un detalle que intensificaba la oscura naturaleza del horror que había envuelto a la pequeña.

Curiosamente, en la esquina izquierda del interior de la cavidad abdominal, habían esculpido usando un cauterio lo que parecía ser una letra, posiblemente la letra "J", entre tres puntos.

El Instituto Forense comunicó a las autoridades estatales y federales mediante un correo electrónico que incluía fotografías del horrendo crimen perpetrado. En la comandancia, la noticia fue recibida con relativa calma hasta que se mencionó los dedos unidos en la mano derecha de la bebé. Ante este impactante detalle, el agente Meléndez contactó de inmediato a Juan Eduardo y Marta, llevándolos al instituto forense para colaborar en la investigación de este atroz asesinato.

Al visualizar la mano derecha de su hija Isabel, Marta se desplomó, víctima de un desmayo vasovagal. La pareja identificó con dolor a la niña mutilada como su propia hija, procediendo a firmar los documentos necesarios y llevándose el cuerpo de la pequeña para darle una sepultura cristiana.

--"Marta, ¿crees que alguna vez encontraremos justicia para nuestra pequeña Isabel?"--

--"No lo sé, Juan Eduardo. Solo deseo que aquellos responsables paguen por lo que le hicieron a nuestra hija."--

Tras enterrar a Isabel, la pareja quedó sumida en una depresión que perduró a lo largo de sus vidas. Nunca lograron superar el devastador impacto causado por la tragedia.

El caso quedó archivado como un enigma sin resolver en los registros de la comandancia estatal y en los expedientes de las autoridades federales, quienes empezaban a delinear un patrón detrás de las abducciones. El chivo expiatorio, quien suministraba el pentotal en forma líquida, era un adicto con un historial delictivo, cuya muerte por sobredosis parecía ser una constante. Sin embargo, algo más siniestro estaba en juego, alguien o varios individuos estaban manipulando a esta población de drogadictos, aprovechándose de su vulnerabilidad para cumplir sus oscuros propósitos.

La precisión quirúrgica de las autopsias realizadas a las víctimas, como si se estuvieran preparando para un trasplante clandestino de órganos, añadía una capa adicional de misterio al caso. La marca en forma de elipsis que rodeaba una J en el vientre de los infantes quedaba suspendida en el aire, dejando una sensación de misterio y desconcierto. Era evidente que la investigación debía ser trasladada a la sección especial encargada de crímenes relacionados con la venta ilegal de órganos. Un oscuro y peligroso mundo se abría ante los investigadores, donde la codicia y la depravación se entrelazaban en una red de intriga y corrupción.

Un enigma que desconcertaba a las autoridades era la brevedad de la viabilidad de estos órganos, que requerían ser trasplantados en un periodo de tiempo muy limitado. Considerando la posibilidad de que salieran de la isla, se deducía que el destino final debía ser un país especializado en este siniestro negocio, lo que sugería la necesidad de vuelos cortos para asegurar la frescura y la eficacia de los órganos. La trama criminal tomaba un giro aún más intrigante, conduciendo a los investigadores por un camino lleno de peligros y secretos ocultos en el oscuro mundo de la venta ilegal de órganos.

4

Así como Rosalinda se había encariñado con el primer bebé de febrero, al que tuvo que dejar partir después de un mes, también se había encariñado con la hermosa niña de tres semanas que Julio trajo en mayo de este año. Tras cuatro semanas, la recién nacida tuvo que marcharse, según lo dictado por la sociedad secreta a la que Julio pertenecía. Rosalinda notó la pequeña fresa roja en el antebrazo izquierdo del primer bebé varón y los deditos unidos de la mano derecha de la niña. Incluso consultó el caso con un cirujano de mano del hospital donde trabajaba, quien le indicó que podía separar los dedos de la bebé entre los seis meses y el primer año de vida, sin prisas. Esta información alertó de manera enigmática a Julio, quien reprimió a Rosalinda, advirtiéndole que no se hiciera ilusiones con los bebés que traía temporalmente a la residencia, ya que no contaban con los recursos económicos para tenerlos por períodos más prolongados. Únicamente el tiempo suficiente para cubrir los gastos proporcionados por la sociedad mientras se disponían de los destinos de las criaturas.

Julio siempre prevenía a Rosalinda con anticipación cuando era el momento necesario de devolver el bebé a sus futuros progenitores, permitiéndole así un breve periodo de despedida impregnado de la ternura que la caracterizaba. De la misma manera en que Rosalinda manejaba con dedicación a los pacientes pediátricos en su ala del hospital, brindaba un cuidado amoroso y desinteresado a los pequeños temporales que Julio traía consigo.

A diferencia de muchos, Rosalinda no se sumergía en las redes sociales ni en los dispositivos de comunicación que llevaban y traían noticias desalentadoras de la vida. Su deleite residía en sumergirse en su propio mundo sencillo, dedicándose a la institución de cuidados pediátricos y regresando a casa para acompañar a su atribulado esposo. Juntos, trabajaban para superar el miedo que lo aquejaba, buscando sobresalir nuevamente en la vida. Más allá de eso, en sus momentos de ocio, Rosalinda se refugiaba en el ático, dibujando bocetos que más tarde llenaba con la intensidad de la pintura al óleo. Sin embargo, tras la fachada de tranquilidad, se ocultaba un aura de misterio que comenzaba a teñir las paredes de su apacible hogar. Su placer se encontraba en vivir en su mundo sencillo, dedicándose a su trabajo en el cuidado de niños y estando en su hogar junto a su esposo, con quien luchaba para superar los miedos que lo perturbaban y buscar una vez más destacar en la vida.

En aquel funesto año, la noticia se propagó por las redes sociales con escasos comentarios y referencias directas, ya que la razón detrás de la extracción de órganos de las víctimas no estaba clara. Además, se evitaba generar pánico entre las parejas jóvenes, temerosas de que pudiera existir un asesino en serie que comerciara con órganos, especialmente teniendo predilección por recién nacidos. Las autoridades estatales y federales se hallaban sumidas en la confusión del caso, dependiendo de la colaboración ciudadana para obtener detalles específicos sobre la ocurrencia y la naturaleza de estos crímenes atroces. Crímenes que ya habían desencadenado la desestabilización social de dos parejas que compartían un amor profundo.

En la mente ingenua de Rosalinda, la idea de que Julio pudiera estar vinculado de alguna manera con las desapariciones de los infantes era impensable, un concepto demasiado remoto para su percepción de la realidad. Sin embargo, una inquietud creciente la llevó a enfrentar sus temores y abordar el tema directamente con él. En un momento de valentía mezclada con ansiedad, se acercó a Julio y le preguntó con voz temblorosa pero firme:

--"Julio, ¿qué opinas sobre las desapariciones de bebés que se están comentando en las redes sociales?"--

La reacción de Julio fue inmediata y desproporcionada, casi teatral en su intensidad. Con una risa forzada y un tono de burla, descartó la idea como una absoluta tontería.

--"¡Eso son solo tonterías, Rosalinda! Inventos de esos fanáticos de internet que buscan atención. No hay nada de verdad en esas historias que circulan por las redes, solo son pamplinas para ganar 'likes'"--, exclamó con una vehemencia que parecía esconder algo más profundo.

Rosalinda, aunque intentaba convencerse de que Julio tenía razón, no podía sacudirse una sensación persistente de duda. Esa reacción excesiva, ese desdén tan marcado hacia un tema que estaba causando alarma en la comunidad... algo no encajaba. La respuesta de Julio, en lugar de calmarla, solo sirvió para agitar aún más las aguas de su inquietud.

A medida que las noches pasaban, Rosalinda se encontraba cada vez más a menudo despierta, contemplando la oscuridad, su mente girando en torno a un carrusel de pensamientos y sospechas que antes habría considerado impensables. Cada noticia sobre un nuevo caso de desaparición de infantes, cada alerta que aparecía en su teléfono, se convertía en un eco que resonaba en los pasillos silenciosos de su mente, alimentando una creciente tormenta de dudas y temores.

La situación llegó a un punto en el que Rosalinda ya no podía negar que algo andaba terriblemente mal. Una parte de ella, la parte que aún quería creer en la bondad de Julio, luchaba por mantenerse a flote en un mar de negación. Pero otra parte, una parte más oscura y realista, empezaba a aceptar que la verdad pudiera ser mucho más aterradora de lo que jamás había imaginado.

Mientras los usuarios de las redes sociales se deleitaban con sus ídolos del reguetón, sus selfis de cuerpo completo, sus cuerpos esculturales y exóticos, así como los detalles de sus últimas cenas y el sensacional vino que consumían, preferían obviar la trágica realidad que se presentaba. El amor en sí mismo, al ser cultivado en exceso, podía revelarse como perjudicial, especialmente cuando la sociedad estaba tan inmersa en sus propios placeres superficiales como para enfrentar la cruda realidad de una situación tan desgarradora. La indiferencia generalizada amenazaba con oscurecer la verdad, sumiendo a la sociedad en un torbellino de ignorancia y autoindulgencia.

Julio y Papote habían acumulado una pequeña fortuna gracias a la venta de los órganos internos de los recién nacidos. Sus ganancias superaban con creces lo que Julio habría obtenido si hubiera seguido una carrera convencional como cirujano de trasplante. En esencia, ambos habían establecido un lucrativo negocio interno y externo centrado en la venta de órganos de recién nacidos e infantes. Julio se encargaba de la extracción y preservación de los órganos, mientras que Papote manejaba la distribución tanto en el mercado negro local como en el extranjero. Contaban con una avioneta que realizaba trayectos de menos de dos horas para transportar los órganos necesarios a su destino. Todo funcionaba como una mafia, tanto en el país de origen como en el destino de los órganos, donde eran trasplantados de inmediato.

Utilizando un programa encriptado exclusivamente manipulado por Julio o Papote, se transmitía a una red clandestina información sobre los órganos destinados al comercio, con un precio sugerido y de manera completamente indetectable, a prueba de cualquier intento de hackeo. Se especificaban detalles cruciales como la edad y el género del donante involuntario, el tipo de sangre y el precio sugerido. Una vez que la transferencia de fondos se realizaba en una cuenta suiza, se fijaba la fecha de extracción para garantizar que los receptores estuvieran listos en el quirófano, preparados para recibir el órgano congelado y embalado en un contenedor sellado y estéril. La única documentación enviada incluía el género, la edad del paciente y el momento de la extracción. Después de la entrega del órgano, la aeronave regresaba a su punto de origen. Cada vez más, los órganos permanecían en la isla, resguardados en un laboratorio clandestino, donde los receptores clandestinos estaban preparados para recibirlos e implantarlos. El número de trasplantes clandestinos en la zona incrementaba conforme crecía la necesidad de la población enferma, a pesar de contar con recursos financieros muy limitados para llevar a cabo el procedimiento.

A medida que el tiempo transcurría, Julio y Papote veían cómo crecían sus ganancias con el próspero comercio de órganos. La estructura de su mafia era impecable; los órganos llegaban a su destino en perfecto estado y con cortes quirúrgicos precisos.

En la otra habitación, Julio hablaba en voz baja por teléfono.

--"Sí, todo está listo", decía con una voz tensa.

--"La extracción será mañana, asegúrate de que el contenedor esté preparado"--. Colgó y se quedó un momento en silencio, luchando con sus pensamientos.

Esto garantizaba que los receptores fueran trasplantados con éxito, devolviéndoles la salud y la felicidad. Individuos con diabetes resistente, alcohólicos sin control y personas con hipertensión no gestionada se beneficiaban al recibir riñones, hígados y corazones nuevos, liberándolos gradualmente de las cargas habituales de la vida que parecían insuperables. Estos receptores no eran individuos comunes; eran aquellos inmersos en el oscuro mundo del crimen que necesitaban postergar sus penurias un poco más. Las córneas permitían una visión sin restricciones de ese bajo mundo. El pago por los encargos y donaciones de estos órganos era generoso, brindando a los receptores la oportunidad de empezar de nuevo con órganos tan jóvenes. Además, la posibilidad de rechazo inmunológico era menor, ya que estos órganos estaban en desarrollo con células madre. Utilizando la sangre de los donantes, los pseudomédicos creaban quimeras en los receptores para evitar el rechazo de los órganos, eliminando la necesidad de terapias de inmunosupresión. Lo único que faltaba era establecer una finca de clones de órganos para erradicar el rechazo de una vez por todas.

En octubre del presente año, con su perpetuidad sin visos de concluir, Rosalinda recibió la emocionante noticia de que otro bebé estaba en camino. Se trataba de un pequeño varón con apenas tres semanas de vida. El primero de octubre, la residencia de Julio y Rosalinda se llenó nuevamente con los sonidos melodiosos y los suaves llantos de un hermoso recién nacido. Dado que Rosalinda estaba debidamente preparada, no tuvo la necesidad de adquirir pañales, únicamente fórmula fresca para alimentar a su nuevo hijastro temporal.

Mientras acunaba al pequeño Juancito, Rosalinda murmuraba con ternura, -- "Pequeño, cada momento contigo es un regalo, aunque sea breve"--. Su voz era un suave susurro, lleno de amor y tristeza.

El relato de la orfandad que envolvía a los pequeños que llegaban a su hogar mantenía a Rosalinda ajena a la cruda realidad. Su único deseo era brindar afecto y amor efímero al bebé que se veía afectado por la ausencia de sus padres.

El mismo primero de octubre, Juancito, como lo nombraron sus jóvenes padres, fue víctima de un secuestro en el barrio Garzas de Adjuntas. Garzas se ubica en la región montañosa del centro de Puerto Rico, en las estribaciones de la Cordillera Central. En medio de colinas, exuberante vegetación y un clima de montaña, se encontraba la modesta morada de Pablo y Teresa. Juancito, su primogénito, fue concebido con considerable dificultad, ya que la pareja gastó más de quince mil dólares en técnicas modernas de reproducción asistida para lograr concebir al bebé. Dada la ausencia de útero en Teresa, recurrieron a su hermana Carmen como vientre de alquiler. Carmen, una abogada soltera con un temperamento difícil, siempre escudriñaba cada rincón de su entorno y no toleraba que le ocultaran información. Estaba dispuesta a luchar hasta el final por alcanzar sus objetivos, fueran cuales fueran. Era un hueso duro de roer. Sin la colaboración de Carmen, este caso nunca habría sido resuelto de manera definitiva y contundente.

Por otro lado, en la casa de Pablo y Teresa, se escuchaba un diálogo desgarrador: Teresa, con lágrimas en los ojos, preguntaba, --"¿Cómo pudo pasar esto, Pablo? ¿Cómo nos arrebataron a Juancito tan cruelmente?"--

Pablo, abrazándola, respondió con voz quebrada, --"No lo sé, amor. Pero te prometo que haremos todo lo posible para encontrarlo. No descansaré hasta que nuestro hijo esté de nuevo en casa"--.

Mientras tanto, Carmen, en su oficina, hablaba por teléfono con determinación: --"Escucha, necesito que revises cada cámara de seguridad en el área de Garzas. Algo no encaja aquí. Estoy segura de que hay algo que estamos pasando por alto"--.

5

En la mañana del primero de octubre, el teniente Santiago, destacado en el cuartel del pueblo de Adjuntas, recibió la notificación de un posible secuestro de un menor en la región montañosa conocida como barrio Garzas. Se volvió hacia sus hombres y dijo, --"Rápido, necesitamos ir al barrio Garzas..."--

Despachó a dos de sus hombres para que se dirigieran al lugar de los hechos, una modesta vivienda de un solo cuarto que era el epicentro del problema. En esa residencia habitaban Pablo y Teresa, una joven pareja que lamentaban la desaparición de su bebé recién nacido de tres semanas, sucedida en las primeras horas de ese día. Al igual que los padres anteriores, Pablo y Teresa habían permanecido dormidos durante toda la noche, dejando al recién nacido sin supervisión.

En el lugar de los hechos también se presentó Carmen, la hermana de Teresa, quien había fungido como vientre de alquiler para Juancito, el bebé desaparecido, durante ocho meses. Teresa, entre lágrimas, dijo, --"Hermana, no sé cómo pudo pasar esto..."--

De acuerdo con la investigación, se revela que el día anterior Pablo y Teresa fueron visitados por un vendedor ambulante de verduras que les ofreció un elixir que supuestamente ayudaría a la pareja a lidiar con el sueño. Juancito, siendo un bebé activo e insaciable, demandaba ser amamantado cada dos horas. Después de la última alimentación de Teresa, la pareja consumió la concebida cucharada del elixir y quedaron sumidos en un estado de somnolencia profunda, despertando a las ocho de la mañana del día siguiente. Al despertar, descubrieron que la cuna estaba vacía y el arrullo familiar del pequeño pájaro que sonaba había desaparecido.

La principal sospechosa emergió como Carmen, la madre de alquiler. Contaba con una coartada sólida, ya que vivía con su madre, quien confirmó su coartada. Se generó un retrato hablado del vendedor del elixir, y se tomaron muestras de este para realizar pruebas toxicológicas. Se elaboró un informe detallado que fue presentado en la sección de secuestros de la policía local, y las autoridades federales retomaron la investigación, recolectando evidencia relevante en el caso. El informe se distribuyó a todas las comisarías del país, incluyendo Jayuya y Utuado, donde al inicio del presente año se había reportado un secuestro similar. Aunque técnicamente no podía clasificarse como un secuestro, ya que no se solicitó ningún rescate y nadie asumió la responsabilidad de los hechos, era el tercer caso de sustracción de un recién nacido. Los dos casos anteriores habían resultado en el hallazgo de los bebés mutilados y sin órganos.

La prueba toxicológica del elixir arrojó un resultado positivo para una cantidad significativa de barbitúricos, suficiente para sedar a un grupo considerable de animales. El bebé fue encontrado aproximadamente un mes y medio después, dentro de una bolsa plástica negra en la orilla del Río Grande de Adjuntas, con un informe de autopsia que indicaba su fallecimiento dos semanas antes. Al igual que en los casos previos, presentaba la característica incisión desde la barbilla hasta la sínfisis del pubis, exhibiendo un cuerpo sin órganos internos y cortes quirúrgicos precisos. Se empleó sutura de hilo de equino para cerrar la piel, realizando una costura impecable. Quien perpetró este acto demostró poseer habilidades quirúrgicas excepcionales. En la esquina izquierda del interior de la cavidad abdominal, habían esculpido lo que parecía ser una letra, posiblemente la letra "J", rodeada por tres puntos.

La identificación del cuerpo de Juancito ocurrió cuando sus padres, Pablo y Carmen, reconocieron el distintivo lunar marrón claro en la espalda del fallecido. La impactante noticia sumió a la pareja en un estado de shock del cual nunca se recuperaron por completo. Este golpe tan cruel e inmerecido alteró profundamente sus vidas.

La abogada Carmen se vio sobrecogida por la incredulidad. No podía asimilar que su hermana descuidada hubiera permitido que el bebé fuera abducido. Profundizó en los dos casos anteriores, visitando las instalaciones federales en busca de ayuda e información sobre posibles implicados. ¿Qué información concreta tenía? Todos los casos involucraban recién nacidos menores de treinta días, las parejas solo tenían un hijo y residían en lugares remotos de la isla, un patrón emergía en el centro de Puerto Rico con afectaciones en Jayuya, Utuado y ahora Adjuntas. En todos los incidentes, alguien les vendió a las parejas algún alimento que los dejó inconscientes; no hubo violencia en el lugar del secuestro, nadie se comunicó ni asumió la responsabilidad, y dos de los bebés aparecieron mutilados y vacíos. Además, en los dos casos anteriores, los individuos de los retratos habían tenido antecedentes delictivos como consumidores de drogas, encontrándose muertos con cuerpos no reclamados en la morgue forense. A Carmen le intrigaba la razón detrás de la extracción de órganos internos. Aunque la respuesta resultaba evidente, la mente de la abogada no podía concebir tal abominación de venta de órganos humanos, y mucho menos a tan tierna edad. ¿Quién en su sano juicio podría cometer crímenes tan atroces?...

La abogada Carmen se presentó en el instituto forense con la determinación de discutir los resultados de la autopsia de Juancito y obtener más información sobre casos anteriores. Sin embargo, se encontró con limitaciones en la información que forense podía proporcionar a un particular.

Su interés creció, y decidió entrevistar a los agentes Darío y Meléndez, quienes estaban disponibles en los poblados cercanos.

En la conversación con los patólogos de forense, Carmen indagó sobre el propósito de los cortes precisos en la extracción de órganos. El patólogo sugirió la posibilidad de un sicópata con habilidades quirúrgicas o la venta de órganos como motivación principal debido al significativo beneficio económico que se obtenía de actividades tan macabras.

Darío, Meléndez y Carmen se encontraron en un café en Utuado para discutir la situación.

—"¿Ven el patrón aquí?, todos estos casos, tienen que estar conectados"--, expreso Carmen.

Todos compartían la perplejidad ante los acontecimientos y recordaban vívidamente los casos anteriores. Tras una exhaustiva discusión, llegaron a la conclusión de que el tráfico de órganos de niños era la razón principal detrás de los crímenes, y decidieron buscar a una banda líder que estuviera involucrada en estos oscuros negocios. Buscaban un cerebro macabro que, además, tuviera habilidades como cirujano. Ignoraban que algunos órganos se exportaban fuera del país, mientras que otros se quedaban para satisfacer las demandas del inframundo local.

La clave residía en los consumidores de drogas del vecindario donde Julio y Rosalinda tenían su residencia. Un grupo de individuos errantes que utilizaban una casa abandonada como refugio, entregándose a todo tipo de venenos, especialmente éxtasis. Papote reclutaba ocasionalmente a algunos de ellos para desempeñar el papel de vendedores, facilitándole así el adormecimiento de las parejas de los recién nacidos que planeaba secuestrar con el propósito de traficar órganos. Posteriormente, suministraba una dosis amplificada de la droga, y estos actores morían debido a una sobredosis de su propio veneno. De esta manera, rompía de forma abrupta la cadena de eventos que lo vinculaba a su culpabilidad, evitando así ser objeto de una investigación.

El problema de Papote surgió cuando no logró inducir al último adicto a las drogas hasta su fallecimiento, aquel que había utilizado para adormecer a los padres de Juancito. La droga que le administró no tenía la potencia suficiente para poner fin a la vida del individuo. Este último acabó en el hospital, donde pudieron revivirlo mediante hemodiálisis. Sin embargo, esto provocó un fallo renal agudo en el riñón del drogadicto, manteniéndolo conectado a una máquina durante tres semanas. Este testigo era el único capaz de contradecir a Papote y Julio, revelando parte del esquema de los secuestros. Ambos desconocían que el drogadicto no había fallecido.

La historia de Rolando, el adicto que logró sobrevivir a los planes malévolos de Julio y Papote, resulta asombrosa de contar. Con el tiempo, Rolando se convirtió en un exitoso banquero y comerciante, llevando una vida envidiable junto a su hermosa esposa. Sin embargo, un trágico accidente automovilístico se llevó la vida de su amada, dejándola irreconocible debido a las graves lesiones. El cuerpo resultó irreparable, transformándose en una masa indistinguible de fragmentos de carne, huesos, vísceras y piel, sumergidos en un charco de sangre oscura. En busca de una solución para su dolor, Rolando se sumergió en el mundo de las fantasías extrasensoriales y telequinesia, consultando a cuantos médiums espirituales pudo encontrar. Pagó una fortuna a un supuesto mago que afirmaba poder resucitar a su esposa. Con un hechizo que involucraba cabellos de su amada y diversos atuendos internos, el mago logró algún movimiento en la tumba. Ante esto, solicitó la exhumación del cadáver, solo para enfrentarse a la horrenda amalgama de órganos entrelazados y podridos, causándole un trauma imposible de superar. Abandonó su carrera bancaria, abandono su vida, convirtiéndose en un vagabundo más, entregándose al consumo constante de drogas y estupefacientes.

Rolando, el único superviviente y sujeto de interés que coincidía con la descripción del boceto proporcionado por Pablo y Teresa al artista gráfico de la policía durante su duelo, requería una entrevista. Agentes federales se dirigieron al hospital donde Rolando estaba ingresado, acompañados de agentes de la ley. La visita resultó incómoda para Rolando, quien se encontraba bajo la influencia de potentes sedantes tras su resurrección médica. Le preguntaron sobre la venta de un elixir para combatir el sueño a la joven pareja de Pablo y Teresa, pero no recordaba ese detalle. Solo señaló que Teresa parecía cansada debido a un parto prolongado. No recordaba haber ayudado a la pareja, ya que Teresa necesitaba descanso debido a la anemia, según lo mencionado por Julio. Sin embargo, Rolando desconocía los detalles. Sabía que si seguía las indicaciones simples de Julio y Papote, disfrutaría de un éxtasis mezclado con fentanilo, llevándolo a experimentar luces divinas en el cielo recordando a su esposa mutilada.

Después de la infructuosa interacción con los agentes de la ley, Rolando, con más temor que dificultad, indagó sobre la razón que lo convertía en blanco de la investigación por parte de las fuerzas del orden. La preocupación se apoderaba de él al intentar entender por qué tanto la policía local como los federales mostraban interés en su persona. Cuando los agentes le revelaron que estaba siendo señalado en un retrato hablado como el individuo que había suministrado un somnífero a Pablo y Teresa, cuyo hijo fue secuestrado y sometido a mutilación hasta causarle la muerte,

Rolando quedó horrorizado. Se cuestionaba quién, en su sano juicio, podría estar llevando a cabo estos crímenes tan atroces. Sabía que, en cuanto se recuperara, tendría que someterse a una ronda de identificación para que los padres de Juancito pudieran verificar si la persona en el retrato hablado era realmente él o no.

Después de la tensa conversación con los agentes, Rolando se encontraba aún más perturbado. Con la mente nublada por los sedantes, su voz temblorosa rompió el silencio del hospital.

--"¿Quién podría hacer algo así?"-- Murmuró, su mirada perdida en el vacío de la habitación. --"No sé nada sobre somníferos o secuestros... Solo quería ayudar a Teresa, ella... ella estaba sufriendo tanto..."--

Un agente de la ley interrumpió, su tono frío resonando en la habitación estéril. --"No estamos aquí para escuchar excusas. Estamos aquí para encontrar respuestas. Y si eres culpable, pagarás por tus acciones."--

Rolando sintió un escalofrío recorrer su columna vertebral. --"¡Pero no hice nada! ¡Lo juro por mi fallecida esposa, por lo que más quiero en este mundo!"--

Los agentes intercambiaron miradas, desconfiados. --"Lo veremos cuando te recuperes. Entonces, tendrás la oportunidad de demostrar tu inocencia... o enfrentar las consecuencias"--, advirtieron, antes de retirarse dejando a Rolando sumido en un mar de dudas y terror.

6

Julio experimentaba una profunda inquietud. Murmuró para sí mismo, --¿Habrá sobrevivido Rolando a esa mezcla letal? Necesito asegurarme antes de continuar..."--

La pista de Rolando se esfumó después del intento de asesinato, administrándole una sobredosis de cocaína mezclada con generosas dosis de fentanilo. La incertidumbre de si Rolando había sucumbido a la letal mezcla lo atormentaba. Era imperativo verificar este crucial detalle antes de continuar con sus actividades ilícitas.

Exploró repetidamente los oscuros rincones de la comuna de drogadictos, el escenario que utilizaba para sus artimañas. Acercándose a un conocido, preguntó con cautela,

--"¿Has visto, o sabes algo de Rolando, últimamente?"--

Ninguna fuente pudo proporcionarle información sobre el destino de Rolando.

Con ingenio, dejó mensajes con otras víctimas que conocía, prevenido ante la posibilidad de que Rolando surgiera. Sabía que siempre hay alguien dispuesto a hablar por dinero o droga.

Finalmente, la noticia llegó hasta él: su presa se encontraba ingresada en el Hospital Municipal de la Montaña, a escasos quince minutos de su residencia. No pasó desapercibido que este mismo centro era donde Rosalinda desempeñaba sus labores. La información adicional reveló que Rolando figuraba como persona de interés, vinculado a un retrato elaborado por los padres de Juancito. Este era un asunto delicado; debía eliminar a Rolando para evitar las consecuencias de ser delatado y enfrentar la prisión, una perspectiva que consideraba inevitable por el supuesto bien que creía estar haciendo.

Julio estaba plagado de certezas ominosas. Sufría del síndrome del impostor, convenciéndose de ser un hábil cirujano de trasplantes que nunca tuvo la oportunidad de destacarse. Se negaba a reconocer su condición de falso médico, nunca validando su licencia de médico general ni la de especialista quirúrgico debido a su temperamento agresivo, temerario y autoritario.

Paradójicamente, mostraba una faceta totalmente diferente con Rosalinda. A pesar de sus engaños profesionales, ambos compartían la desilusión de no poder concebir hijos en sus matrimonios anteriores. En su lugar, encontraban consuelo temporal al cuidar efímeramente de recién nacidos destinados a sufrir la implacable precisión de su bisturí.

Julio, con artimañas amorosas, extraía de Rosalinda información sobre los neonatos nacidos en el Hospital de la Montaña. Esta vez, necesitaba acceder a la habitación de Rolando para eliminar de una vez por todas este eslabón en su cadena de fechorías. Temía que Rosalinda conectara los casos de los bebés desaparecidos con sus propios actos delictivos.

El plan consistía en disfrazarse de médico para ingresar a la habitación de Rolando se dijo a si mismo mientras se miraba en el espejo. De preferencia durante la noche, y administrarle una inyección de insulina. Esto provocaría una baja de azúcar que resultaría fatal para las neuronas. La insulina, fácilmente accesible sin licencia, sería obtenida desde el carro de paro cardiaco, ubicado en todos los rincones de los hospitales.

Sin embargo, el destino, siempre impredecible, estaba a punto de modificar el curso de sus maquinaciones.

Enclaustrado en el tercer piso de la institución, específicamente en el área de medicina interna, Rolando experimentaba una notable recuperación de la sobredosis, aunque permanecía ajeno al motivo de su ingreso hospitalario. Para contrarrestar los efectos adversos de sustancias previas, se le suministraban potentes calmantes y sedantes, sumiéndolo en un sueño profundo la mayor parte del día y la noche. En su desconocimiento, lejano estaba el hecho de que Julio planeaba una visita para concluir lo que había quedado pendiente.

Ataviado con una bata blanca, portando credenciales falsas y hasta con un estetoscopio balanceándose alrededor de su cuello, Julio se deslizó sigilosamente hacia la habitación de Rolando al día siguiente de obtener detalles de los acontecimientos. En el recinto de utilería, descubrió un carrito de paro y tres ampollas de insulina. Aproximándose al casi difunto, utilizó el dispositivo de entrada accesoria de la línea venosa para inyectarle la ampolla completa, induciendo un descenso gradual.

En ese instante, Rolando, poseedor de más vidas que un gato, abrió los ojos y divisó a su amigo proveedor de drogas manipulando su suero. De manera gradual, Rolando experimentó palidez, sudoración fría y debilidad motora, iniciando un descenso hacia la inconsciencia, como si se adentrara en un túnel. La frecuencia cardíaca aumentó hasta alertar al monitor en la estación de enfermeras. Una alarma resonó tanto en la máquina de la estación como en el electrocardiograma de la habitación.

Julio, percatándose de la situación, abandonó apresuradamente la habitación. En ese momento, la enfermera de turno ingresó, notando la presencia reciente de un médico saliendo de la misma. Tras revisar los signos vitales de Rolando y realizarle una prueba de azúcar mediante un pinchazo en el dedo índice, descubrió que su nivel de azúcar en sangre alcanzaba un preocupante 15 mg%. Actuando con celeridad, abrió el carrito de paro e inyectó una solución hipertónica de azúcar. Rolando, por segunda vez en su vida, revivió.

La enfermera, alertada por la situación, contactó a los oficiales de policía y les relató lo que había presenciado, mencionando la administración no autorizada de insulina. Realizó pruebas de niveles de insulina en la sangre para respaldar sus hallazgos. La policía decidió colocar vigilancia en la persona de interés. Las indagaciones rutinarias se centraron en identificar al hombre con la bata que abandonó la habitación segundos después de que las alarmas de los monitores cardíacos se activaran. Aunque no lograron visualizar su rostro, planeaban revisar las grabaciones de video en los pasillos para desentrañar la identidad del sospechoso. La habitación carecía de cámaras de vigilancia; estas se encontraban únicamente en los pasillos y estaciones de enfermería.

Nuevamente, la suerte sonreía a Julio. Las cámaras de vigilancia captaron únicamente la silueta trasera de un hombre de aproximadamente seis pies de altura, con cabello oscuro. No se vislumbraba la presencia de barba, pero al no exponerse de frente, resultaba difícil confirmar este detalle. Al salir de la habitación, en lugar de dirigirse hacia la estación de enfermería, tomó un desvío por la salida de emergencia de la institución. Descendió las escaleras hasta llegar al primer piso, se despojó de la bata y se subió rápidamente a su Toyota negro, ansioso por abandonar el lugar cuanto antes. Una vez más, la frustración lo embargaba al fallar en su intento por eliminar a Rolando.

Era imperativo mantener un perfil bajo mientras se dilucidaba el próximo movimiento. La disposición de Rolando ya no sería tan sencilla, dado que estaba bajo la vigilancia de la policía local.

Al regresar a casa, Rosalinda ya se encontraba allí, habiendo preparado la cena. Julio, evidenciando ansiedad, fue interpelado por Rosalinda sobre la causa de su perturbación.

--"¿Qué sucede, Julio? Te veo preocupado"--, preguntó Rosalinda.

Julio, disimulando su nerviosismo, respondió,

--"Solo son frustraciones del trabajo, nada importante..."--

El corazón de su amada se estrujo con el lamento de su vida. Saboreó un bocado de la cena preparada por Rosalinda antes de retirarse a su refugio secreto: la sala de operaciones meticulosamente construida en el sótano de su hogar. Un santuario donde, con una precisión innata, realizaba la delicada tarea de extraer los órganos que requería para sus transacciones comerciales, todos aquellos que ya aguardaban en una lista de espera clandestina. Era en este espacio clandestino, entre sombras y murmullos quirúrgicos, donde tejía su red de crímenes médicos con destreza quirúrgica y una calculada frialdad.

En cada uno de los despiadados actos de Julio, se manifestaba la majestuosidad de su frialdad en un entorno macabro. Su destreza quedaba encapsulada en el arte de adormecer al recién nacido hasta sumergirlo en un sueño profundo que no acarreara la muerte inmediata. Este método le permitía extraer ciertos órganos antes que otros, minimizando el tiempo de recuperación antes de ser trasladados y reimplantados en otros receptores.

El ritual comenzaba con una incisión precisa desde la barbilla hasta la sínfisis pubis, ejecutada con un cautín adquirido de forma fácil en la plataforma de eBay por unos $412 dólares. Sin preocupación por infecciones, esterilizaba la herramienta sumergiéndola en una solución desinfectante de Cides que nunca se molestaba en cambiar. Luego de extraer los globos oculares, en el cuello, extraía la tiroides, reservándola en el refrigerador como un suculento aperitivo que su socio Papote disfrutaba con deleite. Papote sostenía la absurda creencia de que consumir tiroides mejoraba su vitalidad.

Luego, desechaba la tráquea y el esófago cervical, considerándolos inútiles para sus propósitos. Dirigía su atención al abdomen en lugar del tórax, extrayendo el hígado, intestino delgado, páncreas y duodeno, descartando el bazo y el intestino grueso.

Abordaba el retroperitoneo con la precisión de un cirujano urológico para remover los riñones, cortando la circulación mientras retiraba los órganos adheridos a la aorta y vena cava inferior, permitiendo que el futuro receptor tuviera cabos para atar la vena y arteria renales, junto al uréter que drena orina.

La vejiga quedaba intacta, aunque su notoriedad llevó a que algunas personas la solicitaran para expandir estómagos en pacientes que la habían perdido por malignidades. Julio enviaba el hígado pegado al duodeno y páncreas, utilizando la circulación de la vena cava superior y la aorta cercana a los riñones.

El último órgano en ser retirado, después de los pulmones, era el corazón, con un tiempo de isquemia más breve y una recompensa financiera considerable. En esta etapa, el cerebro del bebé se veía privado de flujo sanguíneo, alcanzando un estado técnico de muerte. Era un trabajo arduo que tomaba varias horas, pero la compensación económica era magistral. Siempre firmaba sus obras con la primera inicial de su nombre entre tres puntos.

Julio no se permitía recurrir a métodos tan viles como el uso de ácidos para deshacerse de los cuerpos, ya que carecía del corazón necesario para cometer semejante atrocidad y desfigurar la piel de aquel a quien había cuidado. En lugar de eso, introducía la cáscara vacía del recién nacido en una bolsa de basura negra y la arrojaba al río más cercano al lugar donde había llevado a cabo el secuestro. Un error más que, eventualmente, le pasaría factura en términos de su libertad.

7

La enfermera que presenció el intento de homicidio mediante insulina en su paciente tenía una conexión pasada con Rosalinda; ambas compartieron un historial de formación en el liceo de enfermería. A pesar de sus lazos, sus carreras profesionales las dirigieron en direcciones distintas dentro de la institución. Mientras Rosalinda desempeñaba sus funciones en el segundo piso, específicamente en el área de maternidad y cuidados infantiles, su compañera laboraba en el tercer piso, enfocándose en medicina interna y atención a adultos. Había atravesado una experiencia complicada en el ámbito laboral al descubrir a un individuo disfrazado de médico intentando causar daño a su paciente adicto. Sus interacciones se limitaban a encuentros esporádicos en la cafetería durante las pausas para compartir café o almuerzo. En su próximo encuentro, le revelaría a Rosalinda que vivía en un mundo donde lo aparente podría ser algo más oscuro y complejo.

La fuerza policial proporcionó salvaguarda a Rolando tras el intento de asesinato que sufrió. Lo instaló en una residencia segura, aunque sin una vigilancia constante. Rolando, sin embargo, caería nuevamente en las garras de la adicción, como cualquier otro consumidor que lucha con una dependencia física de sustancias. Pero su motivación iba más allá: deseaba confrontar a Julio, descubrir los motivos detrás del intento de homicidio y entender la conexión con los bebés desaparecidos y asesinados.

A pesar de haber experimentado una hipoglucemia casi mortal, que dejó varias neuronas, especialmente las de la memoria, inactivas, Rolando, al informar a la policía, alegó desconocimiento sobre la identidad del individuo disfrazado de médico que intentó matarlo. Aunque estaba plenamente consciente de la verdad, aún no era el momento adecuado para revelar esa información crucial. Su recuperación fue gradual, pero la ansiedad generada por la droga le impedía conciliar el sueño. Urgía una dosis de estupefacientes para combatir el síndrome de abstinencia. La necesidad de contactar a Julio persistía, incluso si eso significaba poner en riesgo su vida por tercera vez.

Rosalinda se encontró con la enfermera afectada por el intento de homicidio en el hospital, tres semanas más tarde. --"No puedo sacarme de la cabeza la imagen de ese hombre en la sala de Rolando"--, confesó la enfermera. --"Era como si supiera exactamente lo que estaba haciendo. La fuerza policial proporcionó salvaguarda a Rolando"--.

La enfermera detalló su estrés postraumático, revelando que aún no se conocía la identidad del médico malintencionado que intentó dañar a su paciente. Sin embargo, poseía conocimientos sobre medicamentos, ya que había utilizado insulina para reducir la glucosa sistémica del paciente. Incluso le mostró a Rosalinda una foto del agresor tomada desde atrás, extraída de los videos del hospital. Aunque no estaba completamente seguro, a Rosalinda le recorrió un escalofrío cuando, por un momento, confundió al individuo de la foto con su esposo desde esa perspectiva. A pesar de que Julio había sido expulsado del programa de cirugía y no solía frecuentar el hospital, la duda persistió en la mente de Rosalinda, quien sentía la necesidad de confrontar a Julio sobre este acontecimiento.

En cuanto llegó a su hogar, Rosalinda utilizó el intercomunicador instalado por Julio en el sótano para llamarlo y pedirle que subiera a la sala.

--"Una enfermera me mostró una foto de un hombre en el hospital, y se parecía mucho a ti"--, dijo Rosalinda con voz temblorosa. Julio, con una calma forzada, replicó, --"Eso es imposible, amor. Debes estar confundida"--.

Julio estaba ocupado preparando los instrumentos quirúrgicos, ya que se avecinaba una nueva intervención y se necesitaban órganos vitales, como pulmones, hígado y páncreas, para un individuo del bajo mundo con problemas respiratorios y hepáticos severos debido al tabaquismo y al alcoholismo. Un bichote que tenía dinero suficiente para comprar varios encargos. Julio ascendió a la sala y saludó a Rosalinda con un beso. Durante la conversación, ella le compartió la información proporcionada por la enfermera, señalando que el individuo en los videos se asemejaba a él. Julio negó rotundamente ser la persona identificada en las imágenes y sembró dudas en la mente de Rosalinda sobre sus motivos para atentar contra la vida de un adicto que había ingresado al hospital por sobredosis.

Este último comentario alertó a Rosalinda de manera significativa. –"¿Cómo sabía Julio eso sobre Rolando?"--, se preguntó a sí misma, sintiendo cómo la duda crecía en su interior. Aunque no era conocida por su agudeza, la revelación de Julio sobre la razón de ingreso de Rolando la dejó perpleja. Nunca había discutido con Julio la causa exacta de la admisión de Rolando, por lo que le resultaba desconcertante que él conociera esa información privilegiada y confidencial sobre el motivo de la admisión del paciente.

Rosalinda no lograba vincular a Rolando con los padres de Juancito, ya que evitaba las redes sociales y se mantenía ajena a eventos noticiosos, incluso los más macabros, como las desapariciones y asesinatos desgarradores de recién nacidos. A pesar de que la enfermera la había actualizado sobre estos acontecimientos, Rosalinda no podía establecer la conexión entre ellos debido a su falta de astucia intelectual para aplicar la ley de asociaciones. Julio, consciente de la capacidad limitada intelectual de Rosalinda, estaba profundamente enamorado de sus ojos verdes y su imponente trasero. A él no le importaba que Rosalinda padeciera el síndrome de ovarios poliquísticos, lo que le impedía concebir. En los estudios de fertilidad de la pareja, se reveló que Julio sufría de azoospermia, con un conteo de espermatocitos cercano a cero. Juntos enfrentaban el dolor de un nido vacío, que solo se llenaba esporádicamente con las breves visitas de los recién nacidos que Julio traía para sacrificar.

No solo eso, la duda comenzaba a brotar en la restringida mente de Rosalinda. Se cuestionaba por qué su esposo dedicaba tanto tiempo al sótano, un lugar que Julio le prohibió a Rosalinda desde el principio. Surgían dudas sobre la relación entre Julio y Rolando, así como sobre el destino de los tres recién nacidos que habían pasado la noche en su hogar. Además, Rosalinda se preguntaba cómo Julio obtenía el dinero que afirmaba tener guardado. Era necesario prestar más atención a los pequeños detalles de la vida para poder conectar los puntos.

Rosalinda sentía la necesidad de ser más perspicaz con su existencia, sabiendo que esto podría desencadenar una noticia grave y cruel, pero verídica.

Los detectives Darío y Meléndez, junto con Carmen, se dirigieron al hospital para entrevistar a la enfermera del tercer piso, testigo del intento de asesinato de Rolando.

−"Lamento no poder darles más detalles"--, dijo la enfermera, --"pero algo sobre este caso no me cuadra'-- Sospechaban que existía una conexión entre este incidente y las anteriores abducciones de bebés.

A pesar de los esfuerzos, la enfermera no reveló información adicional a los agentes y a Carmen. Darío revisó los registros y descubrió que Rolando formaba parte del programa de protección de testigos clave y estaba incomunicado. La decisión fue seguir a Rolando, anticipando que, como consumidor habitual de drogas, eventualmente buscaría medicamentos para satisfacer su dependencia física. Permanecerían atentos a cualquier acontecimiento en la vida de este testigo, que curiosamente coincidía con el perfil que

Pablo y Teresa habían elaborado según la descripción del verdulero.

8

--"Las demandas de órganos de la región torácica y abdominal han aumentado considerablemente...Los precios están subiendo, Papote""--, comentó Julio, -- "nuestra eficiencia debe ser impecable ahora más que nunca"--.

El sistema encriptado de peticiones incrementaba continuamente los costos asociados con esta urgente necesidad. De manera astuta, Julio empleó la inteligencia artificial para acceder al programa de solicitudes de órganos, al que denominó "Elipsis". Esta herramienta utilizaba una secuencia de tres puntos como clave de respuesta para las solicitudes de aquellos desesperados por un trasplante. Cada conjunto de puntos indicaba distintos niveles de información: la confirmación de que el proceso estaba en marcha, la fecha estimada para la disponibilidad del órgano y la notificación de que se estaban extrayendo las piezas internas del donante, respectivamente.

Papote se ocupaba de organizar la entrega para la sociedad Elipsis, informando a los transportistas y al piloto en servicio. Todo era parte de una operación coordinada de manera sincrónica para reducir al mínimo el tiempo de isquemia de los órganos destinados a la distribución. Un solo cuerpo podía generar hasta medio millón de dólares, y después de cubrir los costos de transporte, quedaban alrededor de un cuarto de millón de beneficio neto. La sociedad Elipsis no asumía responsabilidad por problemas de rechazo o logística en los trasplantes; su papel se limitaba a la obtención y cosecha de órganos de las víctimas inocentes más jóvenes disponibles.

En la zona montañosa del barrio Toro Negro de Ciales, una joven pareja de recién casados había establecido su hogar.

Víctor, mirando a Rosa mientras sostenía a Rosita, dijo, --"Nuestra pequeña Rosita ha traído tanta luz a nuestra vida."-- Rosa, con una sonrisa amorosa, respondió, --"Ella es nuestro pequeño milagro."--

Este matrimonio dio la bienvenida a una niña que tenía apenas tres semanas de vida, llamada Rosita. Víctor y Rosa desconocían completamente lo que les depararía a su recién nacida. Vivían alejados y distantes de los acontecimientos cotidianos en una modesta vivienda construida con madera local. Dada la escasa disponibilidad de electricidad, instalaron un sistema de paneles solares con una batería que cubría las necesidades energéticas del hogar. Víctor, con su grado asociado en electricidad, fue fundamental para crear esta generación eléctrica en un barrio tan apartado de la civilización.

La niña había nacido en el hospital municipal de la montaña el primero de noviembre mediante parto vaginal, y madre e hija fueron dadas de alta en buenas condiciones de salud dos días después. De manera curiosa, Rosalinda, que también actuó como enfermera, había atendido a la bebé y notó un mechón de pelo más rubio en la parte posterior de su cabeza, similar a un lunar albino. Como parte de su habilidad profesional, registró estos hallazgos en el expediente electrónico de la recién nacida.

Siguiendo un patrón similar a casos anteriores, un vendedor ambulante de verduras les vendió alimentos y productos el día antes del próximo secuestro.

Consumieron un jugo de tamarindo local, envasado en una botella de vino con un corcho antiguo, lo que resultó en un profundo sueño de más de catorce horas. Este periodo fue suficiente para que Papote allanara la modesta vivienda y se llevara a la pequeña hija de Víctor y Rosa. Entregó a la recién nacida a Julio, quien, con la cuna en mano, se dirigió a su hogar mientras esperaba a Rosalinda.

Esa mañana, la llamó y le informó sobre su nueva huésped.

–"Tenemos una pequeña visitante"--, dijo Julio con una sonrisa.

Rosalinda, emocionada, respondió, "--¡Otra oportunidad para ser madre!"--.

La noticia hizo que Rosalinda sonriera al darse cuenta de que nuevamente asumiría el papel de madre sustituta durante un período de tiempo.

Lo que Julio no sabía era que Rolando lo aguardaba al llegar con la niña. Pacientemente esperó a que se instalara en la residencia y luego tocó a la puerta. Julio, al ver a Rolando en el umbral a través del mirador, se aterrorizó. Resulta que Rolando lo venía vigilando desde hace un tiempo, ya que el adicto estaba decidido a reclamar lo que consideraba suyo o, de lo contrario, informaría a las autoridades, señalándolo como sospechoso de las desapariciones anteriores.

Julio colocó con delicadeza a la niña en su cuna, su respiración agitada resonaba en la habitación. Un escalofrío recorrió su espalda mientras se dirigía con pasos decididos hacia la cocina, cada paso resonando en el silencio opresivo de la casa. Con manos temblorosas, buscó entre los utensilios hasta que encontró el cuchillo que necesitaba: corto, fino, perfecto para su macabro propósito.

Abrió la puerta de ingreso con cautela, su corazón latiendo con fuerza en su pecho. En lugar de saludar a Rolando, quien estaba desprevenido en la entrada, Julio actuó con determinación y precisión. Con un movimiento rápido y certero, asestó un golpe en el segundo espacio intercostal izquierdo, una estocada digna de los más hábiles esgrimistas italianos. El silencio se hizo eco en la casa mientras el cuchillo encontraba su objetivo: el corazón de Rolando.

Cuatro agonizantes segundos transcurrieron antes de que Rolando se derrumbara sobre el suelo, su vida extinguiéndose rápidamente. El sonido sordo de su cuerpo golpeando el suelo resonó en la cocina, un eco ominoso de la tragedia que acababa de ocurrir. Mientras tanto, unas gotas de sangre, como lágrimas del acto macabro, salpicaron el suelo de la entrada donde yacía el cuerpo sin vida de Rolando. Julio, con la adrenalina corriendo por sus venas, no notó la mancha de sangre mientras el peso de lo que acababa de hacer comenzaba a hundirse en su conciencia.

Con un último suspiro, Rolando se unió a su desmembrada y hermosa esposa. Juntos en el silencio sepulcral encontraron la unión eterna que la muerte había separado en vida.

Acto seguido, trasladó el cadáver del adicto al sótano, colocándolo sobre la mesa de operaciones para desmembrarlo y extraer, poco a poco, los pedazos del difunto, que planeaba distribuir en bolsas de plástico y arrojar al río cercano. Todas las bolsas utilizadas en sus acciones delictivas eran de color negro de la marca Glad, con capacidad para treinta galones. Utilizó la sierra eléctrica que tenía para cortar huesos largos, seccionó la columna vertebral al nivel del cuello y colocó la cabeza con varios segmentos de extremidades en varias bolsas. En total, cinco bolsas completarían la tarea de descomponer el cuerpo del difunto. Aproximadamente tres horas restaban antes de que Rosalinda regresara del trabajo. Julio se apresuró entre cortar los pedazos y cuidar de la bebé que habían secuestrado. Llamó a Papote, quien llegó y se llevó las bolsas de basura Glad con el contenido disperso de Rolando. La tercera vez fue la vencida para este desafortunado adicto de la vida.

Al llegar a su hogar, Rosalinda observó una pequeña mancha de sangre en el suelo de la entrada, aunque no le dio mucha importancia, ya que otro acontecimiento tenía mayor relevancia: la recién llegada. Inmediatamente se dirigió a la habitación donde la niña reposaba, envuelta de pies a cabeza en un quimono rosa. La acarició y la abrazó contra su cuerpo. Julio la recibió con un beso y le informó que estarían juntos al menos dos semanas hasta conseguir un hogar de acogida para la niña. Ante la pregunta de por qué no ellos, Julio evitó responder de manera directa.

Una vez que dejó a la niña dormida en la cuna,

--"Julio, ¿qué es esa mancha de sangre en la entrada?"--, preguntó Rosalinda.

Él respondió rápidamente, --"Oh, eso… me pinché practicando nudos quirúrgicos…"--, explicación que intrigó a Rosalinda.

No transcurrieron más de tres días cuando un ciudadano avistó un par de bolsas negras flotando en las aguas del Río Cialitos. Dos se encontraron en el Cialitos, tres en el Rio Balbas. Inmediatamente notificado a las autoridades, estas procedieron a inspeccionar sus contenidos. Para su macabra sorpresa, descubrieron en su interior restos humanos emanando un penetrante olor a descomposición. Trasladaron los restos al instituto forense para llevar a cabo la correspondiente investigación.

En una segunda bolsa, se reveló la cabeza de la víctima. Utilizando las impresiones dentales del difunto, los investigadores identificaron a Rodolfo, el adicto que había sobrevivido a un intento de asesinato en el hospital, mientras se recuperaba de una sobredosis de drogas. A pesar de encontrarse bajo el programa de protección de testigos no supervisado, Rodolfo logró abandonar su lugar de resguardo tres días antes, encontrando así su trágico destino de despedazamiento.

Los patólogos forenses resaltaron en los informes de autopsia la precisión de los cortes, comparable a las amputaciones realizadas por cirujanos certificados en casos de gangrena. Este dato sugiere que el asesino posee habilidades quirúrgicas extraordinarias.

Con el informe policial que detallaba la reciente desaparición de otro niño, los agentes Darío y Meléndez, junto con la abogada Carmen, se sumergieron nuevamente en la investigación. Revisaron minuciosamente la información recopilada durante el caso del secuestro del bebé en Ciales, incluyendo los datos proporcionados por el forense sobre el asesinato y desmembramiento de Rodolfo.

Tomaron nota de varios detalles, como el uso de bolsas negras de la marca Glad, con el mismo peso que se había utilizado en los casos anteriores de los cuerpos de recién nacidos. Además, destacaron la habilidad quirúrgica del asesino en serie. La conexión entre estos casos y la presencia de cuerpos vacíos en los incidentes anteriores sugería la posibilidad de un comercio de órganos llevado a cabo por una organización con un plan sorprendentemente similar. Era un enigma la presencia de una consonante rodeada de tres puntos en el interior de la cavidad abdominal de los casos a modo de firma distintiva. El autor se quería destacar con su arte.

9

Al despertar la mañana siguiente, Rosalinda se sumergió en una rutina familiar al bañar a la niña, pero su sorpresa fue palpable cuando un destello de cabello albino captó su atención. Un mechón delicadamente blanco se asomaba entre los rizos dorados de la pequeña, evocando recuerdos perturbadores de su tiempo en el ala de maternidad del hospital. Mientras el agua caía suavemente sobre la piel de la bebé, Rosalinda no podía apartar la mirada de aquel mechón, tan similar al de la niña que había cuidado con tanto amor y dedicación en las semanas anteriores.

A pesar de la encantadora naturaleza de la pequeña y su rápida adaptación a su nuevo hogar y padres sustitutos, un sentimiento de inquietud comenzó a crecer en el corazón de Rosalinda. La conexión entre esta bebé y la que había examinado en el hospital se hizo cada vez más evidente en su mente, despertando una serie de preguntas sin respuesta y sembrando la semilla del misterio en su conciencia.

Con un palpitar acelerado, Rosalinda se sumergió en la oscura tela de la investigación, devorando cada noticia relacionada con la desaparición de niños con un fervor casi obsesivo. El eco de sus propios latidos llenaba la habitación mientras se sentía abrumada por la avalancha de información, tratando de unir los cabos sueltos que se resistían a encajar en su mente.

Una lucha interna la consumía, como un vendaval que agitaba su conciencia y su lealtad hacia su esposo. ¿Qué secretos guardaba él? ¿Y cuánto estaba dispuesta a descubrir ella para llegar a la verdad? Cada clic del mouse era un paso más hacia el abismo de la incertidumbre, mientras la oscuridad de sus propias dudas amenazaba con engullirla por completo.

La sombra de la sospecha se cernía sobre ella, transformando cada rincón de su hogar en un laberinto de secretos y mentiras. Rosalinda se encontraba en un precipicio, con el destino pendiendo de un hilo frágil, debatiéndose entre la lealtad hacia su esposo y la creciente conciencia de la verdadera naturaleza de sus acciones.

Para su sorpresa, descubrió el caso de febrero de este año, cuando sostuvo entre sus brazos al pequeño Panchito. Al conocer que el agente Darío, a cargo de la investigación, no había obtenido resultados significativos, decidió contactarlo para obtener más información al respecto. Darío tomó la llamada con cierta suspicacia, ya que no era común que los secuestradores se comunicaran con las autoridades para devolver a sus víctimas. A pesar de este hecho inusual, optó por entrevistar a Rosalinda, uniéndose a la sesión el agente Meléndez y Carmen. La precaución era esencial para evitar que Julio descubriera la investigación y optara por una acción más desesperada.

En medio del torbellino de sospechas y especulaciones, un manto de incertidumbre cubría a todos. Las miradas se cruzaban cargadas de dudas, las conversaciones se volvían ambiguas y los susurros se multiplicaban como sombras en la penumbra. En aquel laberinto de misterios y secretos, nadie podía afirmar con certeza nada.

Cada paso era una tentativa en la oscuridad, cada palabra un eco distorsionado en el vacío de la desconfianza. La paranoia se convertía en la compañera constante de cada individuo, tejiendo una red invisible que envolvía a la comunidad en su totalidad. Incluso los lazos más sólidos de amistad y confianza se tambaleaban bajo el peso de la incertidumbre.

En aquel pueblo sumido en la sombra de la sospecha, la verdad se desvanecía entre las grietas de la confusión, dejando a todos en un estado de desconcierto y temor. En un mundo donde nadie estaba seguro de nada, el peligro acechaba en cada esquina, esperando su momento para revelarse y cambiar el curso de los destinos entrelazados de aquellos que habitaban en las sombras del misterio.

Con el peso de la culpa aplastándola y el deseo ferviente de poner fin a la oscura cadena de crímenes que asolaba su conciencia, Rosalinda finalmente tomó una decisión trascendental: colaborar con las autoridades como informante.

Cada paso hacia adelante en este camino lleno de peligros era una batalla contra sus propios demonios, pero estaba decidida a enfrentarlos con valentía. Armada con la determinación de redimirse y hacer justicia por los inocentes, se sumergió en un océano de riesgos y sacrificios.

A pesar de los temores que la acechaban en cada esquina, Rosalinda encontró una fuerza interior que no sabía que poseía. Cada palabra compartida con las autoridades era un paso hacia la luz, un rayo de esperanza en la oscuridad que la había consumido durante demasiado tiempo.

Ahora, como informante, estaba lista para desafiar al destino y enfrentarse a los monstruos que habían acechado en las sombras de su vida. En su determinación y coraje, Rosalinda encontró una nueva razón para seguir adelante, una razón para creer que, incluso en medio del caos y la desesperación, aún había esperanza de redención y justicia.

Con la información facilitada por Rosalinda, los detectives Darío y Meléndez trazan meticulosamente los detalles de una operación encubierta. Carmen, la abogada, colabora estrechamente con la policía para garantizar que cada aspecto se ajuste a las normativas legales. La operación se despliega en un punto estratégico, aunque Julio no está presente. A medida que los acontecimientos se desenvuelven, Rosalinda enfrenta el dilema de su traición hacia su esposo. La duda la ataca. Siempre existe la posibilidad de que todo sea una farsa y no esté vinculado con las desapariciones de otros bebés. Sin embargo, los datos físicos que contribuyeron a la identificación de los bebés desmembrados, como el lunar de Panchito y los dedos unidos de Isabel, son conocidos por Rosalinda, lo que provoca un aumento anormal de su ritmo cardíaco.

En medio del turbio escenario de secretos y peligros, el temor de represalias por parte de Julio se sumaba a las preocupaciones ya abrumadoras de Rosalinda. Aunque Julio no mostraba un comportamiento agresivo en su día a día, la sola idea de enfrentarse a él, especialmente cuando tenía un bisturí entre sus manos, era suficiente para enviar escalofríos por su espina dorsal.

Cada vez que Rosalinda se encontraba cerca de Julio, una sombra de inquietud se posaba sobre ella, recordándole el potencial peligro que él representaba. La máscara de aparente tranquilidad que él portaba ocultaba un enigma oscuro y siniestro, alimentando el temor de lo que podría ser capaz de hacer si se sintiera amenazado o traicionado.

Sin embargo, Rosalinda sabía que no podía permitir que el miedo la paralizara. Cada día que pasaba, su determinación crecía más fuerte, impulsándola a seguir adelante con su decisión de colaborar con las autoridades, sin importar los riesgos que ello implicara. Sabía que enfrentarse a Julio sería una prueba de fuego, pero estaba dispuesta a arriesgarlo todo por la justicia y la verdad.

El tic-tac del reloj resonaba ominosamente en el aire, marcando el paso inexorable del tiempo hacia la fecha de la nueva entrega de órganos. Para aquellos desesperados que aguardaban ansiosamente una segunda oportunidad, el calendario se había convertido en un implacable recordatorio de sus esperanzas y temores.

Los necesitados habían sido informados meticulosamente sobre el momento en que recibirían las porciones humanas que les correspondían, un macabro proceso de sincronización destinado a salvar vidas a expensas de otras. Algunos yacían en camas de hospital, sumidos en un sueño inducido por la anestesia, esperando con impaciencia el momento crucial en que un hígado, un riñón, un corazón, un pulmón, médula ósea, páncreas o intestino delgado les sería trasplantado para devolverles la esperanza de una vida plena.

Sin embargo, tras la fachada de salvación y esperanza se ocultaba un oscuro entramado de intereses y secretos. Detrás de cada órgano ofrecido en sacrificio se escondía una historia de dolor y tragedia, un rastro de sangre y sufrimiento que teñía de rojo el proceso aparentemente benevolente de la donación de órganos.

Para aquellos atrapados en este siniestro juego de vida y muerte, la llegada de la fecha de la entrega de órganos no representaba solo una oportunidad para la supervivencia, sino también el inicio de un nuevo capítulo en una historia marcada por la desesperación y la lucha desesperada por la supervivencia.

Consciente del fatídico destino que aguardaba a la pequeña huésped bajo el cuidado de ambos, Rosalinda sentía el peso abrumador de la responsabilidad sobre sus hombros. Sabía que el tiempo se agotaba inexorablemente, como el reloj de una bomba que marcaba los segundos hasta su explosión inevitable.

El plazo de dos semanas para la estadía de la infante en su hogar se acercaba rápidamente a su fin, y con él, la amenaza inminente de su entrega para los oscuros propósitos de Julio. Cada día que pasaba era un paso más hacia el abismo, un escalón más cerca del precipicio del cual la pequeña no podría escapar.

Rosalinda se sentía atrapada en una carrera contrarreloj, luchando contra el tiempo y sus propios miedos para encontrar una forma de proteger a la inocente criatura que cuidaba como si fuera su propia hija. Sabía que no podía permitir que la niña cayera en manos de Julio, pero las sombras del peligro se cernían amenazadoramente sobre ella, obstruyendo su camino hacia la salvación.

A medida que el reloj seguía su marcha implacable, Rosalinda se preparaba para enfrentarse a su peor pesadilla: el momento en que tendría que despedirse de la niña y dejarla en manos del hombre cuyas intenciones siniestras amenazaban con consumirlos a ambos. Con el corazón encogido por el temor y la angustia, se aferraba a la esperanza de encontrar una solución antes de que fuera demasiado tarde.

En un encuentro clandestino, los detectives Darío y Meléndez, acompañados por la abogada Carmen, se reunieron con Rosalinda en un lugar apartado, lejos de miradas indiscretas. La tensión en el aire era palpable mientras Rosalinda tomaba aliento y entregaba un plano detallado de su casa, delineando cada rincón con precisión y describiendo meticulosamente los horarios y rutinas de Julio.

--"Tienen que detenerlo antes de que le haga daño a la bebé!"--, imploró Rosalinda con voz quebrada, sus ojos llenos de lágrimas y un miedo palpable.

El temor se reflejaba en cada gesto, en cada palabra que escapaba de sus labios, mientras se aferraba desesperadamente a la esperanza de salvar a la pequeña de un destino fatal.

Darío asintió solemnemente, su rostro endurecido por la determinación.

--"Haremos todo lo que esté en nuestro poder, Rosalinda. Pero necesitamos tu ayuda. ¿Estás segura de que estás dispuesta a enfrentarte a él?"--.

Rosalinda asintió con determinación, aunque su voz temblaba ligeramente.

--"Sí, lo estoy. No puedo permitir que esto continúe. Por favor, prométanme que protegerán a la niña"--.

Los detectives intercambiaron miradas cargadas de significado antes de que Meléndez tomara la palabra. --"Te lo prometemos, Rosalinda. Haremos todo lo que esté en nuestras manos para detener a

Julio y mantener a salvo a la pequeña. Pero necesitamos actuar con rapidez y precisión"--.

Con un nudo en la garganta, Rosalinda asintió, sabiendo que el tiempo se agotaba y que cada minuto era crucial para el destino de la inocente criatura. Juntos, se prepararon para enfrentarse al peligro que acechaba en las sombras, con la esperanza de que, esta vez, la justicia prevaleciera sobre la oscuridad.

La tensión era palpable mientras todos aguardaban el momento crítico para la captura de Julio. En la sala de operaciones de su sótano, Julio se movía con determinación, preparándose para llevar a cabo su nefasto procedimiento. Instrumentos afilados relucían a la luz tenue, mientras la oscuridad del lugar parecía cerrarse alrededor de él como un manto siniestro.

Rosalinda, manteniendo una fachada de normalidad, observaba cada movimiento de Julio con una mezcla de miedo y astucia. Cada gesto, cada palabra, era analizada con meticulosidad, mientras enviaba señales sutiles a los detectives sobre la proximidad del acto. Un destello fugaz en sus ojos, un leve movimiento de cabeza, eran suficientes para comunicar la inminente llegada del momento crucial.

Los detectives, ocultos en las inmediaciones, recibían las señales con atención, preparándose para actuar en el momento justo. La adrenalina corría por sus venas mientras se mantenían alerta, listos para irrumpir en la escena y poner fin a los oscuros planes de Julio.

En medio de la tensa espera, Rosalinda se aferraba a la esperanza de que, esta vez, la justicia prevalecería sobre la oscuridad. Con el corazón en un puño, aguardaba el momento decisivo, consciente de que el destino de la pequeña estaba en juego y de que no podía permitir que el mal triunfara una vez más.

Cuando la oscuridad envolvió la casa, un equipo SWAT, en perfecta coordinación con los detectives, se desplazó sigilosamente hacia el objetivo. Cada paso era calculado, cada movimiento ejecutado con precisión militar, mientras las sombras los envolvían como un manto protector.

Rosalinda, con un acto de valentía que desafiaba al miedo que la consumía, logró distraer a Julio. Con palabras cuidadosamente elegidas y gestos calculados, mantuvo su atención enfocada en ella, desviando su mirada de la entrada al sótano donde los agentes se movían con sigilo.

Los minutos se volvieron horas en el tenso silencio de la noche, mientras Rosalinda mantenía a Julio ocupado con su astucia. Cada segundo era crucial, cada respiración contenida era un eco de la determinación que los impulsaba hacia adelante.

Mientras tanto, en el sótano oscuro y claustrofóbico, Julio sostenía al bebé en sus brazos, a punto de suministrarle el óxido nitroso que la sumiría en un letargo peligroso. Sin embargo, antes de que pudiera completar su siniestro plan, la puerta se abrió con un chirrido apenas perceptible, revelando el escenario macabro que se extendía ante ellos. Los agentes, con una precisión implacable, irrumpieron en la sala de operaciones, poniendo fin a los oscuros planes de Julio antes de que pudieran materializarse por completo. Lo cogieron con las manos en la masa.

En el momento de la incursión, Julio se vio sorprendido por la repentina aparición de los agentes en su santuario quirúrgico. Su rostro se desfiguró en una mezcla de sorpresa y desesperación mientras intentaba reaccionar ante la repentina amenaza a su macabro plan. Conmovido por el pánico, intentó resistirse con todas sus fuerzas, pero fue rápidamente sometido por la abrumadora superioridad numérica y táctica de los agentes, quienes lo esposaron con eficacia.

Rosalinda, observando con un nudo en la garganta la captura de Julio, experimentó una mezcla de alivio y profunda afectación. A pesar de haber logrado el objetivo de detener al peligroso criminal, no podía evitar sentirse abrumada por la gravedad de la situación y las consecuencias de los oscuros actos de Julio. Sin embargo, su enfoque principal estaba en asegurarse de que la bebé estuviera fuera de peligro.

Con manos temblorosas pero decididas, Rosalinda se acercó a la tabla de operaciones donde yacía la pequeña, verificando que estuviera ilesa y protegiéndola con amor y determinación. Con cada latido de su corazón, prometía protegerla de cualquier mal que pudiera acecharla en el futuro, dispuesta a sacrificarlo todo por su seguridad y bienestar.

En la estación de policía, Julio enfrentó un duro interrogatorio. Rodeado de evidencias irrefutables y confrontado con la traición de Rosalinda, el semblante antes desafiante del criminal se quebró ante la implacable presión de las pruebas en su contra. Con una frialdad escalofriante, confesó la totalidad de sus crímenes, revelando los horrores de sus actos sin ningún rastro de remordimiento.

Los detectives observaban con incredulidad y repulsión mientras Julio relataba los detalles macabros de sus acciones, sus palabras resonaban en la sala de interrogatorio como el eco de la maldad pura. Cada revelación era un golpe directo al corazón de quienes escuchaban, dejando al descubierto la verdadera naturaleza retorcida de aquel hombre que había estado acechando en las sombras.

Para Rosalinda, la confesión de Julio fue un golpe devastador, un recordatorio brutal de la oscuridad que había estado tan cerca de consumirla. Aunque sabía que había hecho lo correcto al denunciarlo, el peso de la verdad era abrumador, dejando cicatrices invisibles en su alma.

Mientras las palabras del criminal llenaban la habitación con su malévola revelación, Rosalinda se aferraba a la esperanza de que, al fin, la justicia prevalecería sobre el mal y que aquellos que habían sido víctimas de los crímenes de Julio encontrarían algún tipo de paz y consuelo en el conocimiento de que el responsable había sido llevado ante la ley.

Tras la captura de Julio, los detectives Darío y Meléndez, junto con Carmen, llevaron a cabo un minucioso registro de la sala de operaciones en el sótano de Julio. Cada rincón oscuro y cada escondite fueron examinados con atención meticulosa en busca de evidencia que pudiera arrojar luz sobre los oscuros crímenes del siniestro cirujano.

Entre los hallazgos, descubrieron una computadora oculta cuidadosamente detrás de una falsa pared. Con manos expertas, los detectives accedieron a ella y se encontraron con una sorprendente revelación: el programa "Elipsis", una herramienta clave en la red de tráfico de órganos de infantes que Julio había estado operando en las sombras.

Cada línea de código era un vínculo directo con los horrores que habían sido perpetrados en esa sala de operaciones clandestina. La frialdad de las transacciones registradas en la pantalla era un recordatorio brutal de la crueldad y la avaricia que impulsaban la maquinaria macabra de Julio.

Para los detectives y la abogada Carmen, el descubrimiento del programa "Elipsis" era un avance crucial en la investigación, un eslabón perdido que finalmente conectaba los puntos en una red de corrupción y maldad. Con determinación renovada, se comprometieron a seguir el rastro de la evidencia hasta las últimas consecuencias, asegurándose de que todos los responsables fueran llevados ante la justicia y que ninguna víctima quedara sin voz.

En la oscuridad del sótano, la luz de la verdad brillaba más fuerte que nunca, iluminando el camino hacia la justicia y el fin de la pesadilla que había consumido a tantos inocentes.

Mientras investigaban la computadora, un técnico en informática forense logró acceder al sistema encriptado de Elipsis.

--"Miren esto" --dijo asombrado--, "este programa registra cada petición de órgano, con detalles de los receptores y las fechas de entrega".

Con esta nueva evidencia, los detectives confrontaron a Julio durante el interrogatorio.

--"Sabemos sobre Elipsis, Julio. Todo está registrado aquí"--, dijo Darío, mostrándole la pantalla de la computadora. Julio, al verse acorralado por la realidad de su situación, bajó la mirada, reconociendo la inutilidad de seguir negando su implicación.

Julio, finalmente quebrado, comenzó a revelar cómo operaba Elipsis.

--"Cada petición era codificada... Una secuencia de tres puntos... Confirmación, disponibilidad y extracción..."--, explicó con resignación.

Estas confesiones proporcionaron a los detectives una comprensión más profunda de la magnitud y sofisticación de la operación.

Finalmente, Julio fue llevado ante la justicia, donde enfrentó un juicio severo que sacó a la luz la magnitud espantosa de sus crímenes. Con cada testimonio y cada pieza de evidencia presentada en la sala del tribunal, se revelaba la profundidad de su depravación y la devastación que había causado.

Rosalinda, a pesar de haber colaborado con las autoridades para exponer los horrores perpetrados por Julio, se encontraba sumida en un torbellino de emociones conflictivas. Aunque había tomado la valiente decisión de enfrentarse a la oscuridad que había rodeado su vida, enfrentaba ahora las consecuencias de sus propias acciones y decisiones. El peso de la culpa y la duda la consumía, dejándola atrapada en un laberinto de remordimiento y angustia.

La pequeña, ajena a los horrores que la rodearon, fue devuelta a sus padres biológicos, ofreciéndoles un rayo de esperanza después de un período de desesperación inimaginable. Para ellos, su regreso marcó el comienzo de una nueva vida, llena de amor y cuidado, lejos de las sombras del pasado que habían amenazado con consumirlos.

Aunque el tiempo no podría borrar por completo las cicatrices emocionales dejadas por la experiencia traumática, la presencia de su hija les recordaba que el amor y la esperanza son fuerzas poderosas capaces de superar incluso los momentos más oscuros.

Para la pequeña, el regreso a casa significaba un retorno a la seguridad y la calidez de un entorno familiar amoroso. A medida que crecía, rodeada del amor y el cuidado de sus padres, los recuerdos dolorosos de su pasado comenzaron a desvanecerse, reemplazados por la alegría y la felicidad de un futuro lleno de posibilidades.

Aunque el camino hacia la curación sería largo y difícil, la presencia de la pequeña en sus vidas era un recordatorio constante de la fuerza del espíritu humano para superar la adversidad y encontrar la luz incluso en los momentos más oscuros. En su sonrisa inocente y en sus risas llenas de alegría, encontraron la promesa de un mañana mejor, donde el amor y la esperanza brillarían eternamente.

Con la información obtenida de Elipsis, los detectives pudieron identificar a varios miembros de la red, incluyendo a Papote, y planearon su captura. La evidencia también permitió rastrear el destino de los órganos y conectar los casos de bebés desaparecidos con la red de Julio.

Armados con esta información crítica, los detectives y la policía se movilizaron para capturar a Papote, el astuto cómplice de Julio. Aunque había logrado mantenerse en las sombras durante mucho tiempo, la red que había tejido con Julio estaba desmoronándose rápidamente.

En una reunión urgente en la comisaría, los detectives Darío y Meléndez, junto con Carmen, discutían su próximo movimiento.

--"Papote es escurridizo, pero sin Julio, es solo cuestión de tiempo antes de que cometa un error"--, argumentó Meléndez.

--"Debe ser capturado antes de que intente huir o peor aún, continuar con sus actividades"--, añadió Darío.

Rosalinda, aun recuperándose del shock de los recientes eventos, fue convocada por los detectives.

--"Rosalinda, cualquier información sobre Papote puede ser crucial"--, insistió Carmen.

--"Sé que te es difícil, pero necesitamos tu ayuda para atraparlo"--.

Rosalinda, con la voz temblorosa, respondió:

--"Sé que solía reunirse en un almacén abandonado del muelle dos, cerca de una pista de aterrizaje. Julio mencionó algo sobre eso una vez"--.

Con la información crítica obtenida de Elipsis, las fuerzas del orden pudieron localizar a Papote en un almacén abandonado, un lugar que había servido como punto central en sus operaciones ilícitas. Tenía la ventaja de una pista de planeo corta. Un equipo de agentes especializados, incluyendo al experimentado detective Darío, se preparó meticulosamente para el operativo. Armados y con una estrategia clara, rodearon el edificio, cerrando todas las posibles vías de escape.

Papote, que había vivido siempre un paso adelante de la ley se dio cuenta rápidamente de que estaba acorralado. En un intento desesperado de evadir la captura, optó por la ruta más peligrosa: el enfrentamiento. Armado y peligroso, se dirigió hacia una salida trasera poco conocida, esquivando hábilmente las sombras y los rincones oscuros del almacén.

En el momento crítico, cuando los agentes se aproximaban para asegurar el perímetro, Papote emergió con una rapidez sorprendente. Sacó su arma con una destreza fría y calculadora, disparando en ráfagas controladas que hirieron a dos de los agentes en el caos repentino. La tensión se disparó al máximo; los gritos y las órdenes resonaban en el aire tenso del enfrentamiento.

Darío, con años de experiencia en situaciones de alto riesgo, se mantuvo calmado a pesar del peligro inminente. En un momento crucial, mientras Papote giraba para apuntarle directamente, Darío, con una precisión letal, disparó su pistola Glock de 9 milímetros. La bala encontró su objetivo en la región temporal de Papote. El tiempo pareció detenerse mientras Papote se desplomaba al suelo, su vida escapándose en un instante. Era la primera ocasión que Darío mataba a una persona.

El lugar quedó sumido en un silencio sepulcral, roto solo por las respiraciones agitadas de los agentes y el zumbido distante de las sirenas de refuerzo. La caída de Papote marcó el fin de una era de terror y crimen, pero a un costo que pesaría en las mentes y corazones de todos los involucrados.

10

Mientras Rosalinda se enfrentaba a sus propios demonios y comenzaba su camino de redención, un acto de esperanza y amor se desarrollaba en paralelo. La pequeña Isabelita, la inocente atrapada en medio de una trama sombría, estaba a punto de ser devuelta a los brazos amorosos de sus verdaderos padres, Víctor y Rosa.

Rosalinda, acompañada por los agentes Darío y Meléndez junto a Carmen, se dirigió al hogar de Víctor y Rosa, un lugar marcado por la ausencia de su querida hija. Al llegar, el aire estaba cargado de una mezcla de ansiedad y esperanza.

--"Hemos venido a traerles a Isabelita"--, anunció Rosalinda con una voz suave pero firme, sosteniendo con cuidado a la pequeña en sus brazos.

El momento en que Rosalinda entregó a Isabelita a sus padres fue cargado de emoción pura. Rosa, con lágrimas de alegría y alivio rodando por sus mejillas, tomó a su hija en brazos, abrazándola con un amor que desbordaba. Víctor, con una sonrisa que iluminaba su rostro marcado por el dolor reciente, se unió al abrazo, formando un círculo perfecto de familia reunida.

--"Siento tanto por lo que han tenido que pasar"--, murmuró Rosalinda, sus ojos también llenos de lágrimas.

--"Isabelita ha estado segura, y me he asegurado de que recibiera todo el amor y cuidado que merece"--.

Víctor, mirando a Rosalinda, respondió con gratitud: --"Gracias por cuidar de ella. A pesar de todo, es un consuelo saber que estaba en buenas manos"--.

Mientras Rosalinda se alejaba de la casa de Víctor y Rosa, sintió un peso levantarse de su corazón. La restitución de Isabelita a sus padres era un paso pequeño pero significativo en su búsqueda de redención. Aunque el camino por delante estaba lleno de incertidumbre, sabía que cada acto de bondad y justicia era un paso hacia la curación, tanto para ella como para los afectados por las acciones de Julio.

Con el cierre de este oscuro capítulo, la comunidad podía comenzar a sanar. Rosalinda, aunque exonerada legalmente, se enfrentaba a su propia batalla interna, lidiando con la culpa y el conocimiento de su inadvertida complicidad. La historia concluye con una reflexión sobre el impacto duradero de estos eventos, tanto en las víctimas como en aquellos que, de una forma u otra, se encontraron enredados en esta red de horror y desesperación.

Mientras el sol se ponía, tiñendo el cielo de tonos cálidos y melancólicos, Rosalinda se sentaba sola en el jardín de su casa, ahora excesivamente silencioso y vacío. Las sombras de la tarde bailaban suavemente sobre el césped, reflejando la turbulencia de sus pensamientos.

El aire fresco de la tarde acariciaba su rostro, trayendo consigo un torrente de emociones y recuerdos. La traición a su esposo Julio, a quien una vez había amado y confiado ciegamente, resonaba en su mente como un eco persistente. Su complicidad, aunque inadvertida, en los horrores perpetrados por Julio, la perseguía implacablemente.

--"¿Cómo pude ser tan ciega?"--, se preguntaba una y otra vez, su voz apenas un susurro entre los árboles.

En su pecho, un corazón roto latía con el peso de la culpa y el remordimiento. La imagen de Julio, ahora un recuerdo distante tras las rejas se entrelazaba con los rostros inocentes de los niños afectados por sus crímenes.

--"Nunca más"--, se prometió a sí misma, una promesa que se convertiría en su faro en el camino hacia la redención. Tardaría mucho tiempo antes de perdonar a Julio, quien se consumía en la cárcel.

Con una determinación recién encontrada, Rosalinda decidió que dedicaría su vida a ayudar a las víctimas de crímenes similares. Se convertiría en una voz para aquellos que habían sido silenciados, una defensora incansable de los inocentes y vulnerables. Sentía una urgencia ardiente de hacer algo significativo, de convertir su dolor y su experiencia en una fuerza para el bien.

En los días y semanas que siguieron, Rosalinda comenzó a trabajar con organizaciones locales que apoyaban a víctimas de secuestro y tráfico. Compartió su historia, no buscando simpatía, sino ofreciendo empatía y comprensión. En cada rostro que encontraba, veía una oportunidad para marcar una diferencia, para compensar, de alguna manera, los errores del pasado.

La noche se asentaba, y con ella, una sensación de paz y propósito comenzaba a brotar en el alma de Rosalinda. Aunque el camino hacia la redención estaba lleno de desafíos, estaba decidida a recorrerlo con valentía. Esta nueva etapa de su vida no borraba su pasado, pero ofrecía un nuevo comienzo, una oportunidad para sembrar esperanza en medio de la desolación.

Mientras las estrellas comenzaban a brillar en el cielo nocturno, Rosalinda suspiró profundamente, permitiéndose creer en la posibilidad de un futuro donde el amor y la compasión podrían sanar incluso las heridas más profundas.

La elipsis se convirtió en el siniestro sello que marcaba tanto los cuerpos mutilados como el programa de computadoras utilizado en el tráfico de órganos, dejando una huella ominosa de horror y depravación en los oscuros rincones de la criminalidad.

* * *

Sobre el Autor

Nacido el 14 de abril de 1954 en San Juan, Puerto Rico, el Dr. Humberto Lugo Vicente, mejor conocido por Tito Lugo, es una figura distinguida en el ámbito de la cirugía pediátrica. Su carrera se ha distinguido por un compromiso ferviente tanto con la medicina como con la comunidad a la que atiende.

Durante su formación en el Colegio San José de Río Piedras, el Dr. Lugo Vicente no solo destacó en sus estudios, sino también lideró la banda de rock local "The Red Stones". Demostró habilidades excepcionales en áreas tan variadas como la música y las artes marciales, donde alcanzó cinturones negros en Shotokan y marrones en Taekwondo. Su empeño en financiar su educación en karate, a través de la venta de periódicos y otros trabajos, refleja su temprano compromiso con sus metas.

Graduado de la Universidad de Puerto Rico Magna Cum Laude en Ciencias, especializándose en Química y Bioquímica, el Dr. Lugo Vicente fue reconocido con la medalla de Química y la medalla Facundo Bueso por su sobresaliente desempeño académico. Continuó brillando en sus estudios de medicina en la misma universidad, graduándose como miembro de Alpha Omega Alpha, la sociedad de honor médica.

El Dr. Lugo Vicente ha marcado un hito en la cirugía pediátrica a lo largo de su carrera. Completó su especialización en Cirugía General y Pediátrica en la Universidad de Puerto Rico. Luego se unió a la facultad como Profesor de Cirugía Pediátrica. Su compromiso con la excelencia en la educación lo llevó a ocupar varios puestos de liderazgo, incluyendo el de presidente de la Facultad Médica y Director del Departamento de Cirugía del Hospital Pediátrico Universitario.

El Dr. Lugo Vicente ha sido un defensor incansable de la mejora de los servicios médicos en Puerto Rico, especialmente en su lucha por equipar al Hospital Pediátrico Universitario con salas de operación modernas. Esto ha beneficiado a innumerables niños y familias.

Fuera de su carrera médica, disfruta de una vida familiar enriquecedora junto a su esposa Wanda Torres Otero y sus cuatro hijos: Karlos, Alex, Javier y María del Carmen. Su dedicación al bienestar comunitario y su pasión por la medicina siguen siendo una fuente de inspiración para las nuevas generaciones.

Actualmente, el Dr. Lugo Vicente practica en su consultorio privado en el Hospital San Jorge y el Hospital Pediátrico Universitario. Allí proporciona atención médica de calidad, a la vez que cultiva sus intereses en el deporte, escritura y enología, siempre manteniendo el equilibrio y la moderación que caracterizan su filosofía de vida.

Otras Novelas del Autor
https://www.amazon.com/author/titolugo.md
https://www.lulu.com/spotlight/titolugomd

1- Aquamistic (Spanish and English)
2- El Gran Sueño / The Great Dream
3- Marca de Faraón / Mark of Pharaoh
4- La Isla del Retiro / The Island of Retirement
5- Espejismos en la Red / Digital Deceptions
6- Voces del Silencio / Voices of Silence
7- Travos... (Spanish and English)
8- Misericordia Letal / Lethal Mercy
9- Pirulo... (Spanish and English)
10- ...Elipsis... (Spanish and English)